約會大作戰 9
DATE A LIVE Change NATSUMI
轉變七罪

「真是的！餵我啦，餵我～」
精靈──美九

「我叫五河千代紙。
非常感謝您平常照顧我把拔。」

「對，就是七罪妳本人沒錯。」
高中生──五河士織

「這……這是……我……？」
精靈——七罪

「好了，開始——我的戰爭吧。」
〈拉塔托斯克〉司令官——五河琴里

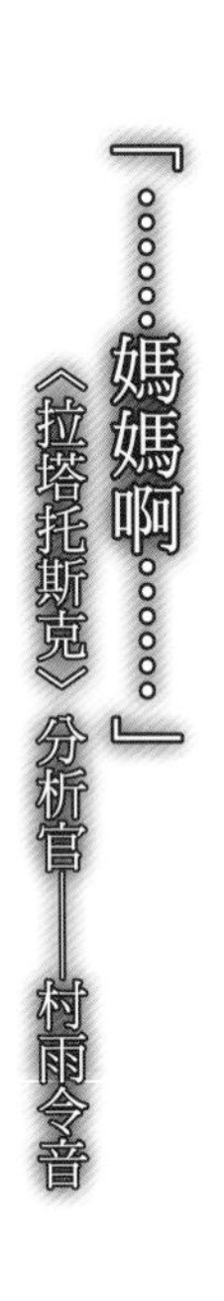

CONTENTS

約會大作戰

轉變七罪

橘 公司
Koushi Tachibana

Kadokawa Fantastic Novels

彩頁／內文插畫　つなこ

精靈
THE SPIRIT

存在於鄰界，被指定為特殊災害的生命體。發生原因、存在理由皆為不明。
現身在這個世界時，會引發空間震，給周圍帶來莫大的災害。
再者，其戰鬥能力相當強大。

處置方法1
WAYS OF COPING 1

以武力殲滅精靈。
但是如同上文所述，精靈擁有極高的戰鬥能力，所以這個方法相當難以實現。

處置方法2
WAYS OF COPING 2

——與精靈約會，使她迷戀上自己。

轉變七罪

Change NATSUMI

SpiritNo.7
AstralDress-WitchType Weapon-BroomType [Haniel]

第六章　孩子們 Little monster

十月二十九日，星期日。

五河家中現在正一片喧鬧。

「士道！我肚子餓了，士道！」

「士道，我要尿尿。我一個人沒辦法上。跟我來，士道。」

「達〜〜令！達〜〜令！」

「那……那個……士道……」

「大家冷靜一點！啊！耶俱矢，那不是我的加倍佳棒棒糖嗎！」

「士道！我想吃飯，士道！」

「呵呵，小傢伙啊，拘泥如此芝麻小事，只會顯得汝的器量狹小喔。」

「同意。吃個一支有什麼關係。」

「呃，妳也在吃！還來啦！」

「嗚……嗚哇啊啊啊啊……」

「啊啊！好了，沒關係、沒關係的。」

「士道，我快尿出來了。」

「呵～呵呵呵！一旦踏進吾領土的東西，吾是不會奉還的！」

「逃跑。想要我還妳，就來抓我啊。」

「達～～令！達～～令！」

「……」

五河士道的臉頰滴下汗水，一語不發地抱著頭。

不絕於耳的尖銳嗓音與啪躂啪躂的腳步聲，無情地敲打著原本就因睡眠不足而疼痛的頭。順帶一提，他的襯衫下襬從剛才起就遭到來自四面八方的拉扯，變得鬆垮不堪。

現在，五河家的客廳裡有七個小鬼……不，是小女孩的身影。

所有人的年紀恐怕都不到十歲吧。本來就已經是不太好管教的時期，每個人現在還隨心所欲地哭泣、叫鬧、拉扯士道、玩你追我跑的遊戲。士道幾天前開始為了照顧她們而忙得焦頭爛額，疲勞可想而知。

不過那也無可奈何，她們不是自己甘願變成那副模樣的。士道輕輕嘆了一口氣，抬起頭望向那群在客廳裡胡鬧的小怪獸。

一個是不停喊餓，擁有一頭漆黑長髮與一雙水晶眼瞳的美麗女孩。

一個是從剛才起就堅持要士道陪她去廁所，如洋娃娃般面無表情的女孩。

一個是現在也似乎快要哭出來，左手戴著手偶的女孩。

一個是嘴裡含著加倍佳棒棒糖，頭髮綁成雙馬尾，看似十分好勝的女孩。

一個是搶走那女孩的糖果逃跑，看似愛惡作劇的女孩。

一個是跟看似愛惡作劇的女孩長得一模一樣，表情呆滯的女孩。

一個是比其他人身高略高，聲音十分悅耳的女孩。

所有人只要不說話都是可愛的少女。然而——那種事根本一點都不重要。士道再次依序注視著她們的臉龐，接著倒抽一口氣。

士道對她們的樣貌十分熟悉。

十香、折紙、四糸乃、琴里、耶俱矢、夕弦，以及美九。

沒錯。她們擁有與士道的朋友們和妹妹一模一樣的身體特徵。

若是不知道來龍去脈的人看見，想必會認為她們是親戚或奇蹟般地相似吧。

然而，士道明白。她們每一個人無庸置疑就是本人。

通常來說，這是不可能發生的現象。生物的身體會隨著時間流逝而成長或逐漸老化。然而十香等人卻宛如時光倒回了幾年的時間，變成小孩的模樣。

不……正確來說，或許連這個形容都不適切。

十香和四糸乃等精靈的身體是否會如人類一樣成長、老化還不得而知。沒有確切的證據證明數年前的十香她們是否就是如今這副模樣。

也就是說，她們並非時光倒流，而是身體「被變成」小孩子了。

一名——擁有凶惡力量的精靈所致。

「七罪……到底為什麼要做出這種事……」

士道喃喃自語般對著腦海裡魔女模樣的少女說道。

距今數天前，士道與名為七罪的精靈進行某項比賽——並且獲得了勝利。

不過在那之後，七罪改變了在場所有人的樣貌，不知去向。

結果從那天起，五河家便持續處於簡易托兒所的狀態。

「士道！士道！」

「士道，我憋不住了。」

「嗚……嗚嗚……」

「妳這傢伙，給我站住！」

「呼哈哈！汝追上吾不就得了！」

「嘲笑。妳就只有這點能耐嗎？」

「達～～令！達～～令！」

「我知道了！我知道了啦，妳們先冷靜下來……！」

士道受到四面八方的拉扯，身體搖來晃去並大聲吼叫。不過，大家完全不聽話。

此時——

「……打擾了。」

正當士道像一個學生大肆胡鬧、不聽管教的班導師般傷透腦筋時，客廳的門突然開啟，一名女性走了進來。

隨意綁起的頭髮，以及裝飾著明顯黑眼圈的愛睏雙眸，衣服的胸前口袋還塞著一隻傷痕累累的熊布偶。她是士道他們班的副班導以及祕密機構〈拉塔托斯克〉的分析官，村雨令音。

「令音！」

「……你看起來很辛苦呢，小士。」

令音如此說完，像是要掌握狀況似的環顧整個客廳，接著緩緩朝前方伸出雙手。她抓住在客廳到處亂跑的八舞姊妹的後頸制止她們。

「唔啊！」

「衝擊。咕啊！」

突然遭制止的耶俱矢和夕弦痛苦得眼珠子猛打轉。反觀令音慢條斯禮地原地跪下，與兩人對視並溫柔地諄諄教誨：

「……耶俱矢、夕弦，不可以拿別人的東西喲。妳們也討厭別人隨便吃掉自己的糖果吧？」

令音說完，兩人一臉尷尬地支吾其詞：

「咕唔……」

「……反省。對不起。」

「……很好，那妳們兩個跟琴里道歉。」

令音拍了拍耶俱矢和夕弦的肩膀，於是兩人轉身面向琴里，低下頭說：

「哼……抱歉啦。」

「謝罪。我不會再犯了。」

「……怎麼樣？琴里？被搶走的棒棒糖數量，我待會兒再補回去。妳可以原諒她們嗎？」

令音如此說完，望向琴里。只見琴里環抱雙臂，從鼻間哼了一聲。

「沒……沒關係啦……沒跟妳們分享，我也很抱歉。」

「……嗯，妳們三個都是乖孩子呢。」

令音輪流摸了摸琴里、耶俱矢和夕弦的頭。於是三人看似有些害羞地撇開了視線。

「……那麼，那邊又是什麼狀況呢？」

令音接著朝士道身邊走去，看向緊抓著士道不放的十香、折紙、四糸乃、美九四人，大致聽過四人的意見後，慢悠悠地繼續說道：

「……十香，小士現在有點忙。這個餅乾送給妳，可以晚一點再吃飯嗎……折紙，小士說過他喜歡會自己一個人去上廁所的小孩喔……四糸乃，放心吧，妳早上打破餐具的事，小士根本不在意……美九，小士有聽到妳說話，並沒有不理妳。」

令音一一向她們解釋，非常輕易地就安撫了原本吵鬧的所有人。多麼高超的本領啊。

「不好意思……多虧妳幫忙。只靠我一個人，根本應付不來……」

「……別這麼說，把大家丟給你照顧，我覺得很過意不去。」

「不會，我知道妳是在幫我偵測七罪的反應。話說回來——」

士道注視著完全變乖巧的所有人，露出苦笑。

「令音，妳真有一套呢，簡直就像媽媽一樣。」

「……」

士道隨口說完，令音不發一語地輕輕挑動了一下眉尾。

士道這才驚覺自己失言了。他說那句話並沒有其他意思……甚至還帶有純粹的敬意，不過冷靜想一下，或許不應該對未婚女性說出那種話。士道急忙揮揮手解釋：

「不……不好意思。別誤會，我沒有惡意……」

「……不會，沒關係的。」

然而，令音卻看似不怎麼在意地如此說道。由於平常就很難從她的表情猜測她的心思，所以有點難以判斷她是否真的沒放在心上。

「對……對了，令音，妳找到七罪了嗎？」

士道像是要改變話題如此出聲說道，令音隨即垂下視線，搖了搖頭。

「……看來七罪果然可以隱藏靈波。我大範圍使用偵測機偵測，目前還是沒有偵測到任何反應……當然，她也有可能已經消失到鄰界去了。」

「這樣……啊？」

只要沒找出始作俑者七罪，這個狀況就勢必不會好轉。士道再次注視著改變了樣貌的少女們，然後將視線轉回令音身上。

「可是……七罪為什麼要做出這種事呢？」

「……這個嘛，有可能是為了逃離現場而做的緊急措施，或是藉由削減精靈們的戰力，對你留下某種警告。再不然就是——」

「再不然就是？」

士道歪了歪頭，令音便豎起一根手指。

「……單純找你的碴吧？」

「……」

聽完令音說的話，士道的臉頰抽搐了一下。雖然聽似玩笑話，但士道強烈地認為那就是正確答案。

◇

從英國的希斯羅機場到日本的成田機場，大約要飛十二個小時。

艾薩克．威斯考特在私人噴射機內處理完簡單的剩餘工作後，一走出機場的專用航廈便坐上事先安排好的車，前往日本的住宿處——東京都天宮市的飯店。

他是一名身材高眺的男子，一頭黯淡的灰金色頭髮，以及白刃般銳利的雙眸為其特徵。年齡頂多三十五歲左右，但全身散發出的危險氣息使他看起來不像那個年紀。至少曾經直接與他見過面的人絕不會認為——要背負DEM Industry這種世界級的企業，他顯得有些過於年輕吧。

「不過，短期間內不斷飛來飛去果然很累人呢。艾蓮，妳想要不要乾脆在日本置產算了？」

威斯考特微微轉動肩膀說完，坐在隔壁擁有一頭淡金色髮絲的少女投以銳利的視線。

「本來我還想請您也延後這次來日本的事呢。畢竟才剛發生『那種事』不久，虧您還能丟下自己的城堡不管，真是令人深感佩服啊。」

少女語氣強硬地說了。她是艾蓮．M．梅瑟斯，威斯考特的直屬部下，同時也是DEM Industry檯面下的執行部隊——第二執行部的部長。

「不要那麼誇獎我，我會害羞呢。」

「我沒有在誇獎您。」

艾蓮嚴正地反駁。威斯考特微微聳了聳肩。

話雖如此，她說的話也不無道理。其實，幾天前於本國英國的DEM Industry總公司舉行的董事會上，有人要求威斯考特解任執行董事一職。

當時全靠艾蓮「物理性的說服」才得以擺平，若是如此頻繁地離開總公司，正好給了那些看不慣威斯考特作風的年輕董事適當的準備時間。他們極有可能以某種形式再次反叛，也難怪艾蓮會變得神經質。

不過，威斯考特微微揚起了嘴角。

「就算這樣也無妨。一有機會就想咬斷我喉嚨這種充滿野心的人，我反而比較喜歡。」

「您或許是無所謂，但也請設身處地為收拾善後的人著想吧。」

「我會妥善處理的。」

威斯考特說完，艾蓮便看似有些不滿地嘟起嘴脣。

「話說回來，妳有幫我調查之前那件事嗎？」

「……有，在這裡。」

艾蓮輕輕嘆了一口氣，從包包裡拿出一份用夾子固定住的文件。威斯考特收下後，將視線落在印刷在上頭的照片和文字上。

那是名為五河士道的少年，與他周遭環境的調查資料。

「……原來如此。他是在十幾年前成為現在這個家的養子啊……然後，妹妹則疑似為精靈〈炎魔〉(Ifrit)……資料竟然如此齊全啊。不……應該說是調查得如此齊全才是吧。」

威斯考特發出竊笑，然後翻閱資料。下一頁則印有數名少女的照片。

「〈公主〉(Princess)、〈隱居者〉(Hermit)、〈狂戰士〉(Berserker)、〈歌姬〉(Diva)——以及剛才的〈炎魔〉。光是目前所確定的精靈之中，實際上就有六名聚集在他身邊。艾蓮，妳怎麼看？」

「……我認為〈拉塔托斯克〉肯定逃不了干係。」

艾蓮露出些許不高興的樣子，開口回答威斯考特的問題。

「那是無庸置疑的吧。〈拉塔托斯克〉無疑是利用了他——能夠封印精靈力量的少年。即使擁有那種能力，如果沒有巨大的組織當他的後盾，不可能封印這麼多精靈……不，在此之前，連企圖接觸精靈都不可能吧。不過——」

威斯考特停下話語，接著用手指彈了一下文件。

「真的……只有那樣嗎？」

「您的意思是？」

艾蓮一臉疑惑地問了。威斯考特聳了聳肩回答：

「就是字面上的意思啊。真的只靠我們的宿敵〈拉塔托斯克〉的意志，就造成這種詭異又不尋常的狀況嗎？」

「……您是說，還有其他人在背後穿針引線？」

「不知道呢。不過，假設真是如此好了，我們要做的事情也不會改變——妳說是吧？艾蓮？艾蓮・M・梅瑟斯，人類最強的巫師(wizard)啊。」

威斯考特如此說完，艾蓮便像在猜測他的心思般，目不轉睛地凝視著他數秒，接著頷首。

「那是當然。」

她的臉上不見一絲迷惘和猶豫。威斯考特一臉滿足地點了點頭。

「這樣才對——準備完畢後立刻行動。」

「——是。要先從誰下手呢？果然還是〈公主〉嗎？」

艾蓮將視線落在威斯考特手中的資料同時說道。「不了。」然而，威斯考特卻搖搖頭說：

「我打算讓這資料上的精靈們逍遙一陣子——當然，要是有好機會，拿下她們也無妨。」

「為什麼要這麼做？」

威斯考特聽見艾蓮的疑問，將〈公主〉夜刀神十香的照片展示給她看。

「〈公主〉成為反轉體時的事，妳還記憶猶新吧？可愛的『魔王』現身在我們面前的事。」

「是的。」

「導致她反轉的原因——不是別人，正是這名少年，五河士道。當妳打算殺死他的時候，〈公主〉站在絕望的深淵，強烈渴望超越自己能力範圍的力量——結果，才得以握住魔王〈暴虐公〉（Nahema）的劍柄。」

威斯考特將資料置於大腿上，張開雙手。

「任誰也沒有想到，我們殷切期盼的『魔王』竟會如此輕易地出現吧。精靈——至少〈公主〉打從心裡尊重、信賴、熱愛他。這不是很棒嗎？就讓他們建立更深切的信賴關係吧。為了即將到來的時刻……妳說是吧。」

此時，艾蓮似乎也察覺到了威斯考特的意圖。她臉上的表情絲毫未改，點了點頭回答：「原來如此。」

五河士道與精靈們的關係愈深，而精靈們愈是依賴五河士道，即將失去他時的絕望就愈深刻龐大。如此一來——才愈可能渴望超越自己能力範圍的力量。

「您打算將五河士道當作『鑰匙』來使用嗎？」

「『鑰匙』啊。原來如此，形容得真好。」

聽完艾蓮說的話，威斯考特莞爾一笑。

「真諷刺啊。〈拉塔托斯克〉發現的對抗精靈祕密武器，竟然也可能成為我們的殺手鐧。」

「良藥變毒藥，也不是什麼稀奇的事情。不過——」

用不著把話聽到最後也能知道艾蓮想說什麼。總之，就是她該捕捉哪一個精靈才好——這件事吧。

威斯考特誇張地點了點頭後，繼續說道：

「這個嘛，關於妳想說的事，我已經設定好優先目標了。前幾天，ＡＳＴ不是正好傳來報告嗎？說擁有變身能力的精靈——〈魔女(Witch)〉出現在天宮市近郊，還無法確定她是否就此消失……」

「……早。」

隔天早上，士道一邊打了大呵欠一邊走進五河家的客廳。

結果，昨天沒能讓變成小孩的所有人回到隔壁公寓，而是分成士道房間組（士道、十香、四糸乃、美九）以及琴里房間組（琴里、耶俱矢、夕弦），大家擠在一塊兒睡……但是由於整個晚上士道都被四糸乃和美九緊緊抓住，再加上十香還睡在他的胸口上，以致於他睡得不太安穩。

話雖如此，並不是全部的人都在五河家過夜。只有折紙一個人表示「我有事情要辦」，看似非常依依不捨地回到自己家中。

說到這裡，在那之後不知為何，士道的內褲和牙刷等好幾樣私人用品都不見蹤影……到底是

什麼時候弄丟的呢？

「早安，士道。」

「早安呀～～達令～～」

「早……早安……」

「嗯～～好舒服的早晨呀～～」

早已待在客廳裡的琴里、美九、四糸乃以及「四糸奈」都望向士道，回應他的問候。

「喔，大家起得真早啊。」

士道說完，三人和一隻都各自露出不同的神情回答：

「這是最起碼的自我管理吧。」

「那個，我平常……都這麼早起床。」

「早睡早起對皮膚好呀～～身為偶像當然要這麼做～～」

琴里半瞇著眼、環抱雙臂；四糸乃看似害羞地縮著肩膀；美九則是撫摸著自己的臉頰，得意洋洋地說道。原來如此，看來這三個人即使變成小孩，也沒有打亂自己的生活步調。

士道回想起走出自己房間時，十香那看似幸福的睡臉，臉上不禁泛起微笑。沒有出現在這裡，就代表八舞姊妹肯定也還在琴里的房裡呼呼大睡吧。該怎麼說呢，總覺得令人會心一笑。

「——那麼，妳們等一下喔。我馬上去做早餐。」

士道如此說完，便穿上圍裙、洗完手，開始做早餐。

他把吐司切成方便食用的大小，浸泡於混合了蛋、牛奶、砂糖的液體中，接著在平底鍋塗上奶油，將吐司煎成金黃色。是簡單、美味又不費工的法式吐司。當然也不忘利用吐司入味的期間，製作沙拉和湯。花不到二十分鐘，五河家的客廳便開始飄散陣陣香氣。

「好了，早餐快要做好了，把桌面清理一下。」

「好～」

士道發號施令後，待在客廳的三人便開始動作。四糸乃收拾桌上的東西；琴里用擦桌布擦桌子；美九則將盛有料理的盤子端上桌。雖然不是什麼稀奇的畫面，但或許是她們幼小的樣貌所致，如今莫名有一種「幫忙」做家事的氣氛。

「好了，那我們就來吃吧。我要開動了。」

「我要開動了～」

三人模仿士道合起雙手，垂下頭。

「！好好吃……！」

「嗯，還可以啦。」

將法式吐司送進嘴裡的四糸乃瞪大了雙眼，而琴里則是從鼻間哼了兩聲。說來說去，有人喜歡吃自己做的料理著實令人感到開心。士道莞爾一笑，用叉子叉起自己的吐司。

「吶、吶，達令、達令。」

士道正要吃吐司的時候，坐在隔壁的美九拉了拉他的衣袖。

「嗯，怎麼了？美九？」

士道說完，美九便在胸前交握雙手，垂下視線，張開嘴巴說：「啊～～」

「咦？」

「真是的！餵我啦，餵我～～」

美九擺出怒氣沖沖的姿勢，再次張大嘴巴。

「我……我知道了……」

士道將吐司切成一口大小，送進美九口中。於是美九兩手摀著雙頰，喜孜孜地揚聲說道：

「嗯～～！好好吃喔～～達令餵我吃，就更美味了～～」

「哈哈……我想味道應該都一樣吧。」

士道苦笑著轉身面向自己的盤子，接著發現坐在對面的琴里和斜前方的四糸乃正露出驚愕的表情。

「妳們兩個……？」

士道如此說完，琴里和四糸乃看似不悅地皺起眉頭，發出「唔唔……」的聲音。

就在這時——

「喝！」

「呀……！」

不知究竟在打什麼主意，「四糸奈」突然以一記猛烈的手刀攻擊四糸乃的右手腕，害四糸乃握著的叉子當場掉下去。

「喂……喂，四糸奈？」

「啊啊～～！對不起喔，士道～～都怪四糸奈不小心，害四糸乃弄掉叉子了～～不好意思，可以請你也餵四糸乃吃嗎？」

「什麼……？是無所謂啦，不過拿新的叉子……」

「可、以、請、你、餵、她、吃、嗎？」

「四糸奈」將她的臉一口氣逼近士道，恐嚇般對他說了。士道震懾於她的氣勢，點了點頭說：「好……好的……」

「那……那個……士道……對不起。」

「不會啦，又不是四糸乃的錯。來，啊～～」

「啊……啊～～……」

士道將叉在叉子上的吐司遞過去，四糸乃有些遲疑地將她那櫻桃小嘴張得老大。

接著，四糸乃就這麼將吐司大口塞進嘴裡，「啊嗯啊嗯」地咀嚼後露出有些害羞的微笑。

「謝謝……你……真的……很好吃。」

「這樣啊。那就好。」

士道微微一笑，將四糸乃掉下去的叉子撿起來，換了一隻新的給她後，再次面向自己的盤子。不過——

「…………唔唔……」

此時，士道發現坐在對面的琴里眼睛紅通通的，一副泫然欲泣的模樣，再次被打斷用餐。

「……呃……」

就連士道也看出她的心思了。或許是因為變成小孩的緣故，感覺琴里的情感起伏比平常還要明顯。士道像剛才對美九和四糸乃做過的一樣，將切成一口大小的吐司遞向琴里。

「來，琴里，啊～」

「……！我……我又沒拜託你餵我。不要把我當成小孩子好嗎！」

「……呃，妳就是小孩子吧。」

「唔唔……！」

琴里「唔……」地低聲沉吟後，將吐司塞進嘴裡。

然後吞下肚，嘟起嘴唇、別開視線，輕聲說道：

「……謝謝。」

「不客氣。」

士道如此說完，終於打算把吐司放進自己嘴裡。

不過那一瞬間，客廳的門突然喀嚓一聲打開——看起來睏意十足的十香走了進來。

「……唔，好像有一股很香的味道……」

她說完「呼啊啊啊……」地打了一個大呵欠。

清醒的方式實在太像十香的風格了。士道等人你看我、我看你，不約而同地露出笑容。

「——對了，今天你打算做什麼？」

不知過了多久，吃完早餐、完全恢復平常狀態的琴里如此詢問士道。順帶一提，十香在吃完法式吐司後，一臉滿足地躺在沙發上，再次進入夢鄉。

「喔喔，我打算今天先去學校看看。還有七罪的事情要處理，我也不放心丟下十香她們離開，所以打算上午早退回家……不過，我還是很在意殿町他們的狀況。」

士道搔了搔臉頰如此說道。沒錯，事實上捲入前幾天事件的，不只十香和琴里等人。

士道的同班同學殿町宏人、山吹亞衣、葉櫻麻衣、藤袴美衣，以及班導岡峰珠惠老師五人，雖說是短時間，但他們也曾被精靈七罪關進天使之中。

所幸他們並沒有像十香等人一樣被變成小孩，但仍舊沒有改變士道將他們捲入危險事件的事實。他想要親眼確認恢復意識的他們平安無事。

「這樣啊，我知道了。話雖如此，現在還不知道七罪的下落，你要多加小心。」

「好，我知道。我差不多該出門了，等耶俱矢她們起床後，幫她們熱早餐吧。其實剛煎好時比較好吃，但我也怕讓妳們用火。」

「就說了，不要把我當成小孩……」

琴里在此時停下話語，看似不滿地癟嘴，點了點頭。

士道做出像是稱讚人「好乖喔」的動作，撫摸琴里的頭（當然，四糸乃和美九也纏著要士道摸摸她們）後，披上西裝外套，整理服裝儀容，穿上鞋子，然後將手擱在玄關的門把上。

「那麼，之後就拜託妳了。我還是有戴上耳麥，要是發生什麼事就聯絡我。」

「是、是，我知道了啦。」

「路上小心……」

「達令，親親呢？出門前的親親呢？」

琴里、四糸乃揮揮手，美九則是索吻似的嘟起嘴脣。士道露出一抹苦笑，也對她們揮揮手後便打開玄關的門走出去。

晴空萬里。和現在圍繞著士道等人的複雜情況呈現對比，是個秋高氣爽的日子。

「嗯……」

士道將身子曝晒在陽光下，伸了一個大大的懶腰後邁步前往學校。

「……？」

然而在踏出家門幾步後，士道突然停下腳步，然後左顧右盼……歪了歪頭。

「沒有任何人在……對吧？」

一瞬間，他感覺到某人的視線……是多心了嗎？

搞不好是因為七罪的事還沒解決，導致他變得有些神經質吧。士道大大地深呼吸，靜下心來之後再次朝學校前進。

「聽我說啦，五河！我遇到一件超級不可思議的事情耶！」

士道一踏進二年四班的教室，用髮蠟將頭髮抓成刺蝟頭的少年便一臉興奮地走近士道。他是之前提過的學生——殿町宏人。

從外表看來，他的身體似乎沒什麼異狀。看見死黨精力充沛的模樣，士道鬆了一口氣，同時以無奈的語氣開口：

「到底怎麼啦？殿町？想起你是大腳怪的後代了嗎？」

「就是說啊，最近手毛長得莫名地快……不是啦！」

殿町誇張地回應士道的玩笑話，猛力搖了搖頭。

「不是那樣啦！是外星人、外星人啦！」

「外星人？這樣啊，原以為你是地球上的UMA（未確認生物），想不到竟是外星人……」

「呃，你搞錯了啦！不是那樣！我二十五日晚上睡著後，醒來竟然就變成二十八日了耶！」

「喂喂，你也睡太久了吧。」

「沒錯！很奇怪吧！事實上真的很不可思議耶！我醒來之後發現已經過了好幾天，而且問我家人，他們也說我那幾天似乎不曉得消失到哪裡去了！等我醒來時，家人已經報警尋人了耶！嚇死我了！」

「所以你才說遇到外星人？」

「對啊！因為沒有其他理由可以解釋吧！」

士道搔了搔臉頰。殿町現在所說的，肯定是被關在七罪天使裡的事情吧。不過，不能告訴他事實，況且就算老實向他坦白：「你錯了，殿町，那不是外星人，而是精靈搞的鬼。你當時被關在精靈的天使裡了。順便跟你說一下，空間震也是精靈幹的好事。而且，其實我能封印精靈的力量。」他應該也會莫名冷淡地回答：「啊，是……是嗎……那我要去準備上課了……」然後離開吧。士道以一副不信任的眼神盯著殿町。總之，平安無事就好。

就在這時，或許是聽見殿町情緒激昂地說話，三名女學生闖進了士道的視野中。

「喔喔！等一下、等一下！」

「你說的話很令人在意呢！」

「殿町同學也遇到不可思議的事情嗎？」

她們是十香的朋友——和殿町一樣被捲入前幾天事件的三人組，照身高順序分別是亞衣、麻衣、美衣。

「哦？聽妳們說話的口氣，妳們也遇到了嗎？」

殿町如此問道，亞衣、麻衣、美衣便「嗯、嗯」地點點頭。

「對、對，沒錯！可是大家都不相信。」

「我們也沒有那幾天的記憶耶。」

「果然是遇到外星人了嗎？還是神祕的祕密結社幹的好事？」

三人輪流開口，場面喧鬧不休。

「話說，小珠老師也說她有遇到一樣的事情耶！」

「咦！真的嗎？這已經不能說是偶然了吧。」

「這下子就是第五個人了……我感覺到有某種陰謀的氣息……！」

「難不成我們真的被神祕的祕密結社綁架了嗎！」

「接受過改造手術的我們擁有超越常人的力量！」

「而且人數有五人……這是組成英雄戰隊的過程啊！」

亞衣、麻衣、美衣三人像是事先說好了似的，「喝！」的一聲擺出帥氣的姿勢。

「快點，紅色戰士也一起來！」

「好……好！」

殿町也被拖著一起加入，在三人面前擺出帥氣的姿勢。

「來，讓我們共同合作，打倒橫行世界的邪惡怪人！」

「邪惡怪人……？」

「沒錯，已經有偽裝成人類的怪人潛藏在我們周遭為非作歹！」

「具體而言，是突然揉捏女生的胸部、掀女生的裙子，企圖奪走女生的嘴脣！」

「覺悟吧！淫猥怪人五河士道！」

「我嗎！」

矛頭突然指向自己，士道抖了一下肩膀。

對了，前一陣子七罪曾變身成士道的模樣，在學校做了許多壞事。她們可能還對那件事情懷恨在心吧。

「是……是這樣嗎？五河……難怪我覺得你最近不太對勁。」

「你果然有什麼頭緒嗎？殿町同學！」

「是……是啊……在我失去記憶不久之前，五河看我的眼神有點怪……還約我去三溫暖，對我毛手毛腳的……」

「呀！呀！」

「五……五河同學，原來你是雙插頭嗎……！」

「尾木！『腐女票選校內最佳配對』評選委員曾會長尾木！發生改寫排行榜的事件啦！」

「五河……那些舉動，果然是那種意思嗎……？」

「呃，怎麼連你都跟著起鬨啊！好了，班會快開始了。」

士道說完的同時，「叮咚噹咚——」熟悉的鐘聲響遍整個教室。

「好了、好了，老師要來囉！」

「少打馬虎眼了！五河，你真的……！」

殿町不理會鐘聲，激動地說著。然而——

「啊，班會要開始了啊。」

「得回座位去了。」

「是今天的第一堂課吧？」

亞衣、麻衣、美衣爽快地離開。殿町似乎沒有發覺自己被拖下水後，對方又巧妙地抽身。

看見這種狀況，殿町尷尬得臉頰流下汗水。過了一會兒，他才開口：「那……那麼，下次再說……」然後回到自己的座位上。

不久，教室的門開啟，一名戴著眼鏡的嬌小女性走了進來。她是士道等人的班導，也是被捲入剛剛提到的事件的其中一人，岡峰珠惠老師，通稱小珠。

看來老師似乎也平安無事。士道正想鬆口氣的時候——卻皺起了眉頭。

理由很單純，因為小珠老師的樣子不對勁。她的額頭冒出汗水、視線四處游移，看起來似乎心神不定。到底發生什麼事了？

士道正納悶地觀察她時，她突然看向士道，然後有些遲疑地開口：

「那個……五河同學。」

「什……什麼事？」

士道回答後，小珠老師便露出困惑的表情。

「那……那個啊，有訪客來找你，可是……」

「有訪客找我……？」

士道歪了歪頭。他想不到有什麼熟人會特地到學校來拜訪。雖然也曾想是不是〈拉塔托斯克〉關係人員，但若是如此，應該會透過耳麥告知他這個訊息才對。

「……！」

此時，士道的腦海裡閃過兩種可能性。
也就是DEM Industry，以及……精靈七罪。
「訪客在哪裡？」
「啊，是，現在在教職員室……」
不過，在小珠老師還沒說完這句話的瞬間——
「士道！」
一道精力充沛無比的聲音從教室門口傳來。
「什……！」
士道望向那裡——頓時啞然無言。
站在那裡的，既不是DEM Industry的刺客，也不是七罪……而是應該在家裡睡覺、身體變小的十香。
小珠老師急急忙忙想阻止十香。
「啊啊，不行喲！我不是請妳在教職員室等嗎！」
「唔？為什麼啊？小珠老師？我不能待在教室嗎？」
「這個嘛，因為這裡是大哥哥、大姊姊們讀書的地方……」
「我也要跟士道一起讀書啊！」

「呃，就說那要等妳長大一點之後……」

小珠老師一臉傷腦筋地安撫十香。

結果，十香的背後又出現了一堆嬌小的身影。

「呵呵，汝在做什麼呀？」

「擋路。後面的人過不去。」

「……」

同樣應該在五河家睡覺的耶俱矢、夕弦，以及回到自己家中的折紙，與十香一起陸陸續續走進教室。

面對出乎預料的來訪者，教室裡突然嘈雜了起來。反應大致分為三種。

不外乎是說著「為什麼小學生會來這種地方……？」而歪著頭的人、發出尖叫聲「呀——好可愛！」的人，以及說著「奇怪？總覺得這些孩子好像在哪裡見過……」皺起眉頭的人。

就在那一瞬間，戴在士道耳朵上的耳麥傳來琴里的聲音。

『——道！士道！聽得見嗎？發生緊急狀況了！十香她們不在家！』

「……我知道，她們過來我這裡了。」

『咦……！』

就在這時，十香轉向士道的方向，露出開朗的神情，隨後「躂躂躂」地跑著衝向士道。

「喔喔，士道！你果然在這裡呀！」

然後，耶俱矢和夕弦也跟著奔向士道身邊。

「喂，士道，吾等只要讓二年三班的班導明白就好。跟她說吾等是八舞，她也不相信。」

「嘆息。只能靠外表判斷事物的大人。」

她們說完無奈地嘆了一口氣。在這段期間，士道的周圍也一直有人竊竊私語。雖然聽不太清楚他們說話的內容，不過隱約能聽到「戀童癖」、「犯罪」、「絕對不行」等字眼。

很明顯的，他們正在呢喃一些沒營養的話，不過現在不是管那種事的時候了。士道面向十香等人，開口說道：

「……妳們怎麼會來這裡？」

「唔？別問這種奇怪的話好嗎？今天不是要上學嗎？我們明明一起睡覺，等我醒來時，你卻已經不見了，嚇了我一跳啊！」

「……！」

聽見十香說的話，班上的同學們各個露出驚愕的神情，將視線投向士道。

「喂，五河同學，這些孩子是……？」

「你們到底是什麼關係……？」

「話說，你們一起睡覺嗎……？」

亞衣、麻衣、美衣一臉疑惑地皺起眉頭，來回看向士道和十香的臉。士道試圖辯解，急忙動腦思考。

然而，有一個小小的身影搶在士道說話之前，「咚咚咚……」地跑向士道，和十香一樣緊緊抱住士道——是折紙。

然後——

「——把拔（papa）。」

她說出這句話，令整個班級瞬間陷入騷亂之中。

「什麼……！」

「把拔！她剛才說了把拔！」

「咦！把拔是！玻里尼西亞神話中的大地之母！希臘的數學家嗎！」

「小……小妹妹，妳叫什麼名字……？」

亞衣蹲下身子，視線與折紙齊高，溫柔地（雖然視線動搖游移個不停）問她。於是，折紙彬彬有禮地行了一個禮後，繼續說道：

「我叫五河千代紙。非常感謝您平常照顧我把拔。」

「喂……喂……！」

「馬麻的名字叫鳶一折紙。我是把拔和馬麻的愛的結晶。」

「……咦！」

班上同學震驚不已。嘈雜喧鬧、竊竊私語的動搖聲此起彼落。

「聽……聽她這麼一說，確實長得很像鳶一同學……！」

「咦！不會吧，鳶一同學高中就生小孩了……！」

「呃，可是十六歲就可以結婚了，法律上……」

「男生要十八歲才能結婚耶！五河同學出局了嘛！」

「話說回來，不覺得這個孩子長得很像夜刀神同學嗎？那兩個孩子則長得很像隔壁班的八舞同學！」

「咦？難不成是所謂的一夫多妻！」

「可……可是，那樣不是很奇怪嗎？這些孩子看起來有八九歲了吧？難道所有人八歲就生孩子了嗎……？五河同學，你八歲就讓女孩子懷孕了嗎……！」

「呃，可是最年輕就生孩子的紀錄是五歲七個月，也不是不可能……」

「等……等一下！你們誤會了！誤會！」

可不能讓人再傳出奇怪的謠言了。士道從丹田發出宏亮的聲音，遏止大家無止境熱烈談論這

個話題。

「這些孩子是……那個啦！不過是親戚託我照顧孩子罷了！會叫我把拔，就像是在叫小名那樣啦！」

「咦咦……？」

士道的辯解引來所有人懷疑的目光。老實說，就連士道自己也覺得這個藉口很牽強，不過只要冷靜下來思考，應該就會明白身為高中生的士道不可能有這種歲數的小孩。班上同學們雖然露出一臉狐疑的表情，卻還是姑且表示認同。

「唔……原來是這樣啊。以你的個性，我還以為你有可能會做出那種事呢。」

「對吧。感覺會做出那種事吧。」

「可是，你跟這些孩子一起睡覺是事實吧？戀童癖的嫌疑還是沒洗清喔。」

「……喂。」

聽見一大群人七嘴八舌碎碎唸出他們的疑慮，士道半瞇雙眼抱怨，班上的人便「啊哈哈」地假笑。士道無奈地嘆了口氣。

「受不了耶，隨便亂說話……好了，大家，反正我今天本來就打算早退，一起回家吧。」

士道轉過身如此說完，十香便看似感到意外地睜大了雙眼。

「唔？已經要回家了嗎？」

「是啊，目的已經達成了。班會結束後，我馬上過去。妳們可以在教職員室等我一下嗎？」

「唔……我知道了。既然士道這麼說，我就等你。」

十香如此說完，坦率地點了點頭。

「抱歉啊，那麼，妳們暫時——」

就在士道的手搭上十香肩膀的瞬間——

「咦……？」

士道不禁皺起眉頭。他感覺教室窗外亮起一道光芒。

可是，那股異樣感馬上便消失得無影無蹤——因為從下方傳來的十香叫聲，以及充滿四周的班上同學們的喧鬧聲。

「什麼……！」

「？怎麼啦？十香——」

士道將視線從窗戶轉回十香身上，然後止住話語。

不過這也是理所當然的吧。畢竟十香身上所穿的衣服的縫線，從士道觸碰的地方開始輕輕地鬆脫。

「你……你幹嘛啊，士道！」

十香滿臉通紅，當場蹲下來遮掩她露出的肩膀。

「喂，五河同學，你這是什麼意思！」

「露出本性了吧，你這個戀童癖！」

「咦……？啥……？」

然而，士道完全搞不清楚狀況。在士道碰觸到的瞬間，十香的衣服就四分五裂了……？這種事怎麼可能——

不過此時士道的腦海裡浮現了一種可能性。剛才窗外閃耀的光芒。那搞不好是——

「難不成，是七罪……？」

士道以誰也聽不見的細小聲音說完，再次望向窗戶。

沒錯。擁有能隨心所欲變化物質的天使——精靈七罪。如果是她，就有可能辦到這種事。也就是說，並非鬆開衣服的縫線，而是將「衣服」變成「碎布」。

體認到這件事的瞬間，士道朝窗戶走去。

然而看在班上同學眼裡，似乎像是罪犯逃跑的景象。亞衣、麻衣、美衣築起一道人牆，阻擋士道的去路。

「給我等一下，混帳——！」

「欺負少女，想往哪裡跑啊！」

「你這個現行犯！我不會讓你逃跑的！」

「喂……不是啦！拜託妳們，別妨礙我！」

不過，不管士道再怎麼試圖辯解，亞衣、麻衣、美衣似乎都沒有要讓路的打算，牢牢搭著彼此的肩膀，阻擋在士道眼前。

「唔——」

士道束手無策，打算推開她們三人。就在那一瞬間，窗外再次出現光芒，三人穿著的制服隨即四分五裂，露出少女柔嫩的肌膚。

「呀……呀啊——！」

「這……這是怎麼回事呀——！」

「魯卡南（註：電玩「勇者鬥惡龍」系列中的攻擊輔助咒語）——？」

三人發出尖叫聲，當場蹲了下來。戰慄蔓延整個教室。

「喂……喂，你做得太過火了啦，五河……！」

殿町像是要阻止士道，將手擱在他的肩上。然而，就算殿町這麼說，士道也無可奈何。

「呃，我什麼都——」

接著，窗外第三次閃起一道光芒，這次換殿町的衣服隨即迸裂開來。

「不要啊——！」

殿町高聲吶喊，就這麼往後倒下。順帶一提，有一部分裂開的衣服不偏不倚地遮住了他的胯下。簡直就是奇蹟。

「喂……喂，剛才那是怎麼回事啊……！」

「一瞬間就把衣服……！」

「被五河同學碰到的話，衣服會被脫光！」

「呃，就說了，我——」

士道正想辯解的瞬間，這次換位於士道視線前方的小珠老師衣服碎裂。

「嗚哇呀——！」

小珠用點名簿遮住胸前，並對士道投以譴責的視線。

「你……你做什麼啊，五河同學！只能請你負起責任和我結婚了……！」

「不是啊，我剛才根本沒碰到妳吧！」

即使士道高聲反駁這不白之冤，班上似乎也沒人在聽。

「難不成，用視線就能……！」

「我的天啊！那傢伙是怪物嗎！」

「啊啊，真是的……！」

士道胡亂搔了搔頭，將自己的西裝外套披在十香肩上。

「大家！是七罪！我們先回去吧！」

「……！」

十香、折紙、耶俱矢和夕弦四人聽見七罪的名字，似乎就此恍然大悟。她們點了點頭，便隨著士道離開教室。

「給我站住，五河——！」

「下次出現，我一定要你好看——！」

「要把你扒個精光——！」

聽著背後亞衣、麻衣、美衣的怒吼聲，士道跑過走廊。

「……真是有夠倒楣的。」

在半路和折紙分開後，士道漫步於歸途，深深嘆了一口氣。

「你還好嗎，士道？」

十香穿著士道的西裝外套，衣袖捲起，憂心忡忡地抬頭望著士道。士道溫柔地撫摸十香的頭，然後露出微笑好讓她安心。

可是情況完全沒有解決。在那之後，士道馬上聯絡了琴里，請她調查七罪有可能待過的地方，卻沒發現任何像樣的線索。如果今後這種惡劣的找碴行徑再三發生，士道很可能無法在社會上立足。

當然，撇開這個不談，造成十香她們身體上的不便這方面也是不容忽視的問題。士道看著三人，宛如再次下定決心般握緊拳頭。

「得快點……找到七罪才行。」

「呵呵，就是說呀。將本宮變成這副模樣的代價，吾要拿她的性命來償還。」

「同意。要把她揍得鼻青臉腫。」

「這個嘛，我是不會做那麼可怕的事啦……」

士道一邊苦笑一邊轉過街角，來到了五河家門前。然而——

「……嗯？」

士道歪著頭。因為記憶中的場所並沒有自己的家。

不，正確來說是原本自己家應該存在的地方，現在卻蓋著其他建築物。那是一棟與閑靜住宅區不搭調、外觀猶如城堡——

「喔喔！這不是夢公園嗎！」

十香揚起雀躍的聲音。沒錯，不知為何，士道家的外觀變成跟市郊那種有提供休息的旅館一模一樣。

「這……這是……」

一時之間，士道還搞不清楚狀況，慌張得眼珠子猛打轉，不過他馬上便意識到有一名精靈能夠做出這種事。

「七罪……」

士道的臉頰流下汗水，並且觸摸耳邊的耳麥。

「……喂，琴里、琴里。」

他如此呼喚後，不久便傳來琴里的聲音。

『幹嘛？怎麼了？如果要問七罪的行蹤，還沒——』

「不，我不是要問這個……妳可以從窗戶探出頭來看一下嗎？」

『咦？』

經過了幾秒，琴里從設置於旅館牆面上的其中一扇窗戶探出頭來。

『這……這是怎麼回事呀！房子的外觀……！』

看來她之前並沒有發現。她揚起驚愕的聲音。被改變的似乎只有房子的外觀。

「……是啊，大概是七罪幹的好事吧。」

『嘖……真是麻煩的力量呀。總之，房子內部沒變，你先回家吧。』

「好，我知道了……」

士道點點頭，打算跟十香她們一起走進怎麼看都只像是旅館的自己家。

然而就在這時，在路上閒話家常的太太們大聲說道：

「咦？五河家的士道？那些孩子到底是……」

「咦！沒……沒有啦，她們是那個……」

「哎呀？這裡什麼時候蓋起這種建築物啦……？」

「話說，士道……？你剛剛是想帶那些孩子進去這裡嗎？」

「咦咦！不好啦！警察先生！警察先生！」

「噫……！」

要是她們報警，那還得了。士道帶著十香等人逃離現場。

第七章　來自黑暗的招喚

Head-hunting

DEM Industry英國總公司的會議室裡，現在正瀰漫著沉重的空氣。

彷彿空氣中真的帶有黏性一般，只要深呼吸一次，甚至有種肺裡充滿黏稠物，喘不過氣來的感覺。若是不知詳情的人突然被扔進來，沒在開玩笑，有可能會陷入呼吸困難的狀態。

並列而坐的男人們有幾項共通點。第一，所有人都是英國人；第二，所有人都是DEM Industry的董事；然後第三是──所有人的右手臂或左手臂都裹著石膏和繃帶。

「……可惡！」

打破漫長沉默的人是戴著眼鏡的壯年董事羅傑．梅鐸。

「各位，這樣下去真的好嗎！對方做得那麼絕，你們還打算默不作聲嗎！」

梅鐸氣憤填膺地怒吼，展現與其他人一樣掛在脖子上的右手臂。

──前一陣子開董事會時，被砍斷的手臂。

沒錯。在場的董事們正是在前幾天強力要求DEM Industry執行董事卸任──卻反過來遭受物理性暴力，以致於要求未通過的諸位人士。

被砍斷的手臂已經以醫療用顯現裝置徹底接回，能靠自己的意志活動手指。然而，自己的手臂在一瞬間消失的畫面卻無法從腦海裡抹滅，所有人至今仍不敢拆下石膏。

「……就算你這麼說……」

下巴蓄鬍的男人——辛普森望向梅鐸。他的視線似乎隱含著些許的膽怯，以及——對梅鐸的責備。

話雖如此，並不只這個男人。雖然沒有說出口，但不難想像在會議室裡的所有人都抱有類似的情緒。

不過這也無可厚非。追根究柢，事情的起因——解任威斯考特的要求，是梅鐸一手策劃的。

創造出顯現裝置這種革命性的技術，成立DEM Industry公司的威斯考特功績無可計量。然而，對現在DEM公司的董事會而言，完全不顧慮對外界的影響施展霸權、任性妄為的他，就只是個眼中釘、肉中刺。

在這種情況下，傳來威斯考特在日本闖下滔天大禍的消息。

將DEM日本分公司第一、第二辦公大樓，以及數棟附屬相關設施搞得半毀，最後還害好幾名巫師死的死、傷的傷。那是最適合追究責任的機會。

然而——結果卻是「這般」下場。

辛普森的表情透露出死心，甩了甩頭。

「經過這次的事情，你應該重新體悟到了吧。他是個怪物，跟我們不同，不論是思考、價值觀，還有執行上述兩項的權力……一切的一切。是曾一瞬間懷抱過美夢的我們太傻了。」

梅鐸握著左拳，回望辛普森。

「……就算這樣，我還是打算讓他受到他應得的報應。」

聽見梅鐸這麼說，董事們輕輕嘆了一口氣。想必是認為梅鐸在虛張聲勢吧。

「報應啊……你究竟有何打算？」

辛普森聳了聳肩說道。然而梅鐸卻絲毫沒有虛張聲勢或逞強稱能的意思。他像是睥睨般注視著列席的董事們，然後揚聲說道：

「我記得威斯考特ＭＤ現在在日本吧。聽說好像有個地方精靈出現的頻率非常高。」

「那又如何？」

「真令人擔心呢──『萬一他被捲入意外或空間震，可就糟糕了』。」

「……！」

聽見梅鐸別有深意地加強音調說出的話，董事們無不倒抽一口氣。

「梅鐸，你該不會……」

辛普森戰戰兢兢地發言。

不只他，在場所有人都聽出那句話的含意了吧。

——梅鐸在暗示他要暗殺威斯考特。

「……」

片刻之間，會議室陷入一陣沉默。所有人都像在觀察其他董事的反應般視線游移。

話雖如此，很容易便能想像他們對「奪取人命」一事並不感到猶豫。倘若他們真有此等令人欽佩的情懷，現在便不會坐上ＤＥＭ公司董事之位了吧。

令他們苦惱的，單純是恐懼——簡單來說，他們害怕暗殺失敗時，威斯考特可能對他們施加的報復。

然而，不知經過了多久，一名董事揚聲說道：

「……是啊。真擔心啊，非常擔心啊。」

這句矯揉造作的話語，無疑是表達對梅鐸提案的贊同。

「……嗯，沒錯，你說得對。」

董事們一個接一個陳述擔憂威斯考特的話語——不久，所有人都表示贊成梅鐸的想法。

梅鐸揚起了嘴角。一如所料。

通常來說，或許會有董事不贊同梅鐸的提案。不過，在先前的董事會上才剛被砍斷手臂不久，這記憶猶新的體驗改變了他們的想法。

也就是說——從今以後也不得不與威斯考特這名怪物來往的恐懼，戰勝了反抗他的恐懼。

然而，即使獲得大家的認同，問題仍舊堆積如山。辛普森面露難色說了：

「……不過，有什麼方法『執行』嗎？」

會提出這個問題是理所當然的事。DEM公司遇到說什麼都無法和平解決的問題時，雖然鮮少動用此種手段，但出面處理的不是其他人，正是隸屬第二執行部的巫師們。然而——

「第二執行部的巫師們全是威斯考特的信徒。恐怕不管怎麼利誘，他們都不會倒戈吧。」

聽見辛普森說的話，白髮董事點了點頭。

「而且，就算我們獲得巫師們的協助……『她』也總是跟在威斯考特的身邊。」

她。聽見這個單字，董事們紛紛倒抽一口氣。

艾蓮．M．梅瑟斯。她是威斯考特的心腹，同時也是斬斷梅鐸等人手臂的罪魁禍首。

在DEM公司之中——不，可說是在人類這個物種當中，自喻最強的巫師。只要有她守在威斯考特身邊，無論派什麼暗殺者去，都只會落得反被擊敗的下場吧。

不過，既然想討伐威斯考特，就不可能忘記她的存在。梅鐸彎起脣瓣說：

「——你們知道衛星軌道上，現在有幾顆DEM製造的人造衛星嗎？」

「什麼……？」

辛普森一臉疑惑地皺起眉頭，彷彿在訴說：幹嘛突然聊起這種話題。

梅鐸卻滿不在乎地繼續說道：

「正確答案是二十三顆。而其中八顆已經結束使命，處於等待處置的狀態。」
「等一下，我完全摸不著頭緒。這兩者之間到底有什麼關聯？」
董事們露出困惑的神情。事情都說到這種地步了，似乎還沒有人察覺梅鐸的意圖。梅鐸露出猖狂的笑容。
「——我要將預定廢棄的人造衛星〈DSA-Ⅳ〉砸向天宮市。」
「……！」
董事們霎時表情僵硬。
然而不久後，辛普森便搖了搖頭。
「我還以為你要說什麼呢……你覺得有辦法做到那種事嗎？地球有大氣層，人造衛星在到達地上之前就會燃燒殆盡了吧。就算保有殘骸，也不可能準確地砸向威斯考特MD的所在地。」
「——真的是如此嗎？」
「什麼？」
「我來向各位說明我的計畫。首先是——」
辛普森納悶地皺起眉頭。梅鐸則咧嘴笑了笑後，繼續說明。
於是，董事們的表情在轉瞬之間產生了變化。或許是在聽了梅鐸的說明之後，才發現這個計畫並非是痴人說夢吧。

「——就是這樣。各位有什麼問題嗎？」

梅鐸說完，其中一名董事臉上冒出汗水，朗聲說道：

「……原來如此，那麼做確實有可能辦到。不過，那個方法不是也會為天宮市帶來極大的損害嗎？」

「沒錯！這麼做或許真的能除掉威斯考特，但損害太大了！就算這個計畫真的成功好了，你又打算怎麼向社會大眾解釋！」

禿頭男語氣粗暴地贊同那位董事的意見。不過，他們的反應也在梅鐸的意料之中。梅鐸悠然點了點頭，同時回答：

「到時候，派遣一艘空中艦艇到天宮市展開恆常隨意領域，讓地上的偵測裝置偵測不到人造衛星的存在。然後再發布空間震警報，提醒周邊居民避難。當然，我是不曉得當初建造用來躲避空間震的避難所能夠承受災害到何種地步就是了。」

「什麼……！」

「多麼不幸啊。東京都天宮市即將遭受睽違三十年的大型空間震。而且，還是會震垮避難所的大災害。」

梅鐸以演戲般誇張的語氣接著說道：

「更加不幸的是，敝公司的ＭＤ也在那裡。啊啊，多麼令人痛心啊。失去像他那樣的天才，

ＤＥＭ真是損失慘重。可是，也不能一直悲嘆下去。我們就繼承他的遺志，讓ＤＥＭ公司更加蓬勃發展吧。」

梅鐸宛如結束演說般說完後，諸位董事無不臉色蒼白，注視著梅鐸。

然而——無論經過多久，始終沒有人反對他那不人道的手段。

◇

「……喔喔。」

十一月一日。士道精疲力盡。

雖然好不容易躲過遭人報警處理的下場，但在那之後，七罪依然故我，不斷找他麻煩。出去買個東西，在商店街的正中央，士道的服裝頓時變成只穿一件緊身皮衣和三角褲，看起來只像個變態；只有走在士道附近的路人會變成全裸的小女孩，又差點遭人報警處理；逃回家後，這次房子又變成像是裝飾著粉紅色霓虹燈的色情店。要是沒有〈拉塔托斯克〉的支援，士道早就不知道被社會大眾唾棄過多少次了。

「士道，你看起來沒什麼精神呢，還好嗎？」

十香一臉擔憂地探頭過來察看士道的表情。仔細一瞧，不只十香，四糸乃、八舞姊妹、美

九，以及躲在柱子後面的琴里也望向士道。

士道心想不能讓大家擔心，猛力甩了甩頭後吐了一口氣。明明最辛苦的是身體被變成小孩的十香她們，士道若是垂頭喪氣就太丟臉了。

「嗯，我沒事。對不起喔，大家。」

「嗯……這樣啊！沒事就好！」

士道說完，十香便看似完全放下心來，露出滿面笑容。總覺得似乎能理解有女兒的爸爸的心情。士道輕輕拍了拍十香的頭。

七罪的找碴行為確實一天比一天惡劣，但反過來想，這也是一個機會。

至少，七罪在改變士道的衣服或他周遭的事物時，必須待在〈贗造魔女(Haniel)〉的效力範圍之內。

當然，由於她自己本身也能變身為各式各樣的東西，因此很難鎖定，但藉由這幾天靈波反應的分析結果，終於漸漸能掌握其模式了。現在令音以及〈拉塔托斯克〉分析班的其他人已經以五河家為中心，布下天羅地網。想必不久後便能捕捉到七罪。

士道最應該警戒的，反而是七罪已經找碴夠了或是玩膩了，從此銷聲匿跡。

——就在這個時候——

「……！」

士道看見窗外亮起一道光芒，頓時屏住了呼吸。

這幾天以來見過無數次的光芒——是〈贗造魔女〉發動變身能力的象徵。

下一瞬間，士道視野當中的五河家內部裝潢和十香她們的身影全都發出淡淡的光芒，改變了樣貌。

數秒過後——

「什麼……！」

看見大家與數秒前截然不同的模樣，士道愕然瞪大了雙眼。

因為眼前嬌小的十香等人，衣服全都變成了如同兔女郎的緊身衣和網襪。

仔細一瞧，戴在她們頭上的耳朵以及緊身衣屁股的尾巴，形狀都各不相同。十香是狗、琴里是貓、四糸乃是兔子、八舞姊妹是猴子，而美九則是牛。

本來打扮就已經夠煽情了，現在所有人的身體還呈現小孩子的狀態。不知為何，周圍散發出十分濃烈的犯罪氣息。

而且，還不只如此。

五河家看慣的客廳也被〈贗造魔女〉的力量變成宛如動物園裡的巨大牢籠，包圍著十香等人。順帶一提，士道的服裝則變成像出現在漫畫裡的貴族般華麗，手裡還握著皮鞭。

當然，家裡的牆壁全被拆除，鄰居可將室內的情景一覽無遺。牢籠的上方還貼心地掛上一只寫著「只屬於我的動物園」的招牌。

這變態的程度，就算跳進黃河也洗不清了。

「這……這是怎麼回事呀！」

「啊……啊嗚嗚……」

十香等人發現自己的穿著打扮，滿臉通紅蹲下身子。只有耶俱矢一人看似不滿地怒吼著：

「慢著，為何本宮是猴子啊！」

或許是被突如其來的光芒給驚嚇到，街坊鄰居們望向「只屬於我的動物園」，開始竊竊私語或打電話報警，士道視若無睹，一手按著裝戴在耳朵上的耳麥。

「令音！」

『……嗯，我知道——已經偵測到七罪的反應。』

「！真的嗎！她現在在哪裡？」

『……在離你們的所在地約一公里——市區建設中的大樓裡。』

「一公里……從那麼遠的地方……」

士道面向先前看到光芒的窗戶（原本存在的地方）低喃。

「士道。」

或許是從士道的反應推測出傳來什麼樣的消息，只見琴里以認真的眼神注視著士道，對他點了點頭。

「嗯……我們走吧！」

士道像是在回應琴里一般深深頷首。

……該怎麼說呢，感覺從旁人的眼裡看來，這幅景象非常超乎現實，但士道決定盡可能不去在乎這件事。

「呵呵──哈哈……啊哈哈哈哈哈哈！」

從遠方看著士道手忙腳亂的模樣，七罪倒地捧腹大笑。

她是身穿如魔女裝扮的靈裝，年約二十五歲的美女，擁有修長的四肢以及小巧的臉蛋。她毫不吝惜地扭動著那連模特兒都自嘆不如的勻稱身材，眼角甚至泛出淚水，發出笑聲。

七罪位於離五河家一公里左右，某棟正在蓋的大樓上。她將鋼筋的一部分變成巨大的望遠鏡，偷看士道的反應，自得其樂。

「啊～～太好笑了。活該。讓我出那種糗，還想悠遊自在地過活，門兒都沒有。」

七罪說完露出銳利的目光。

沒錯。七罪在數日前，被那個男人五河士道拆穿了不想被任何人知道的祕密。

她從鼻間哼了一聲，將手中掃帚形狀的天使——〈贗造魔女〉倒過來拿。

「那麼……接下來要把什麼東西做什麼樣的改變呢？」

七罪彎起嘴角，露出猖狂的笑容。腦海裡浮現各式各樣找碴的鬼點子。

最好能夠盡其所能地損耗士道的精神，讓他無法在社會上立足，再也不敢走在光天化日之下。讓他在經過派出所前面時，衣服變得破破爛爛，以妨害風化的罪名變成前科犯，搞不好也很有趣。不，既然如此，乾脆——

此時，原本面露無比邪惡的神情思考著壞主意的七罪，突然眉頭一皺，迅速地抬起頭。

「……！有東西正往這裡接近……？」

一瞬間七罪以為是她自己多心了——但確實感受到有人正往她這邊靠近。

「難道，被士道發現了……？」

七罪「嘖」的一聲咂嘴。這也不無可能。七罪早已隱約察覺到士道背後有龐大組織撐腰，就算沒被士道本人發現，也不能排除他背後的組織在他周圍做好萬全準備以捕捉七罪的可能性。

「很抱歉，我可不能在這種時候被抓。」

七罪朝至今仍未現身的追蹤者吐出舌頭做了一個鬼臉後，立刻跨上〈贗造魔女〉。

「呵呵呵呵，再會啦～～」

然後「咚」地朝地面一踹的同時，七罪的身體便連同〈贗造魔女〉輕輕地飄浮在空中。七罪

就這麼凝視著遠方，壓低姿勢貼著掃帚，以驚人的速度在空中飛。

四周的景色目不暇給地被吸向後方，身體如錐子般愈來感尖銳的感覺支配著全身。

就算七罪的所在地被發現，如果沒有能追捕她的人也是枉然。七罪想像著此時應當正驚慌失措的士道夥伴們的身影，嘻嘻嗤笑。

「——我想，在這種地方落腳就可以了吧。」

不知飛行了多久，為求謹慎四處飛翔的七罪降落在杳無人煙的半山腰上。

不過，既然士道的周圍布下了捕捉她的羅網，今後或許稍微改變一下手段為妙。話雖如此，要人的花招多得是。不改變士道周圍的事物，七罪自己變身對士道惡作劇也行。比如說，變身成一名衣服被人粗暴扯破的女孩子，再對警察說是士道幹的，他就一招斃命了。

「啊哈哈，不過，我是不會就此罷手的。我要拉長時間，慢慢地——」

話才說到一半，七罪突然感到心臟被人直接揪住般的壓力，急忙往後跳。

下一瞬間，一道光芒擊中七罪剛才所站的位置，將地面深深剜挖出一個大洞。

無庸置疑，是瞄準七罪發出的攻擊。

「什麼……！」

——被跟蹤了？我飛得那麼快還跟得上？七罪的臉龐染上驚愕之色——不過，隨後便露出無所畏懼的神情。沒道理刻意讓對方知道自己內心的動搖。

「……什麼嘛，士道夥伴的這聲問候未免也太刺激了吧。」

七罪如此說完哼了一聲，同時朝砲擊的源頭——上方看去。

於是，飄浮在那裡的人影以冷靜沉著的眼神凝視著七罪，緩緩降落地面。

那是一名全身穿著白金色鎧甲的少女，擁有令人眼睛為之一亮的淡金色頭髮以及碧眼。容貌如洋娃娃般端整，全身上下散發出來的氣息卻並非楚楚可憐的嬌弱小姐，而是剛強的戰士。

「很遺憾，我並不是五河士道的夥伴。」

「哦……？是嗎？那麼是AST？也罷，不管是誰都無所謂。找我有何貴幹？」

「那還用說嗎？」

七罪說完後，少女便一邊拔出背後巨大修長的劍一邊回答：

「——〈魔女〉，我要取妳的性命。」

艾蓮如此宣言後，站在她面前的精靈〈魔女〉一瞬間怔怔地瞪大雙眼，隨後嘻嘻笑出聲。

「是嗎？不過，我想妳是白費功夫喔——話說，那個〈魔女〉的稱呼我實在不怎麼喜歡耶。可以好好叫我七罪嗎？」

〈魔女〉——七罪聳了聳肩同時說道。從她的表情和舉止看來，並沒有特別防備艾蓮的樣

子。是不想被看出自己慌張的模樣而虛張聲勢，還是真的認為自己不可能會輸——如果是後者，可就被看扁了呢。艾蓮看似不悅地抽動了一下眉毛。

「是不是白費功夫，試過才知道。」

「這樣啊……」

七罪揚起嘴角冷笑，將手裡拿著的猶如掃帚的東西指向艾蓮。艾蓮曾在報告書上看過，那是〈贗造魔女〉，擁有能自由變化對象形體之力量的天使。

這力量確實棘手——但並不是艾蓮的對手。艾蓮也舉起了右手握著的高輸出功率光劍〈Caledfwlch〉與之相對。

艾蓮與七罪的視線交錯。

——此時，彷彿配合這個時間點，數名巫師從上空降落到艾蓮的身後。她們是原本與艾蓮一同追逐〈魔女〉七罪的ＤＥＭ巫師。看樣子，總算追上了艾蓮和七罪。

不，或許該說是追隨著艾蓮的信號而來到這裡比較恰當。若是只靠她們來追七罪，肯定會跟丟吧。

「太慢了。」

艾蓮依舊注視著七罪如此說道，便傳來巫師們屏住氣息的動靜。

「非……非常抱歉，艾蓮大人……！」

「可是，那個速度，我們……」

聽見預料之中的回答，艾蓮輕輕嘆了一口氣。

她們也是ＤＥＭ的巫師，訓練的熟練程度應當遠比其他形形色色的巫師要高上許多。然而現實卻是「如此」。

實際參與集團行動後，艾蓮深深感受到失去崇宮真那和潔西卡·貝里的損失有多大。

「……原來如此，艾克說的話也不無道理呢。」

艾蓮用左手撫摸著留下巨大撕裂傷痕的腹部，喃喃自語。就算獨立作戰的實力無法匹敵艾蓮，但起碼只要有一人能夠勝任支援艾蓮的角色，勢必會大大提高作戰的成功率吧。

「執行部長大人，有什麼問題嗎……？」

「……沒事。請集中精神戰鬥。」

「！是……！」

艾蓮說完後，巫師們一齊拔出各自的武器，向七罪投以銳利的視線。

看見這幅情景，七罪卻毫不畏懼地聳了聳肩。

「咦咦？妳自信的來源該不會是那個吧？妳以為多對一就能打贏我嗎？」

七罪挑釁般說道。艾蓮抖動了一下臉頰。

「不是。妳不用擔心，我不會讓妳失望的。」

「喔，是嗎？反正怎樣都無所謂——啦！」

瞬間——七罪用力揮下高舉的〈贗造魔女〉。

配合那個動作，靈力的光芒與隨之而來的風壓同時迸發而出，攻擊艾蓮與並列在她身後的巫師們。

「——」

不過，艾蓮輕輕哼了一聲並且往地面一踹，操作隨意領域跳到了上空。她背後的巫師們也往四周散開，躲避七罪的攻擊。

「這個混帳……！」

散開到四周的巫師們朝七罪發射出好幾枚微型導彈。纏繞生成魔力的圓筒形殺意在空中留下白色的痕跡，同時逼近七罪。

「呵呵！」

不過，即使面對擁有強大威力的導彈彈雨，七罪無所畏懼的笑容依舊掛在臉上。「咚」的一聲，她以掃帚的柄頭敲打地面後，隨即朝逼近的導彈大喊：

「〈贗造魔女〉！」

於是，〈贗造魔女〉的前端——如同掃帚的部分呈放射狀展開，設於中央的鏡子釋放出強烈的光芒。

「唔……！」

對方馬上就明白那不是七罪耍小聰明，想讓她們暫時睜不開眼。因為原先逼近七罪的導彈觸碰到從〈贗造魔女〉的鏡子發射出的光芒後，瞬間變成了糖果、巧克力等無數的零食。

「什麼——」

巫師發出驚慌聲的同時，零食在四周著地，發出「砰！」的逗趣聲後爆開。四周瀰漫著甜蜜的香氣。

「哎呀哎呀，送我零食嗎？真令人開心呢。」

七罪嘻嘻嗤笑，再次高舉〈贗造魔女〉。

「那麼，我得回禮才行呢——〈贗造魔女〉！」

七罪高聲吶喊後，〈贗造魔女〉再次閃耀光芒，刺眼的亮光逐漸覆蓋周圍一帶。

「……？」

奇特的感覺侵襲身體，使艾蓮微微皺起眉頭。她並沒有彎下身軀，卻覺得視線略微變低了。

同時，散開在周圍的巫師們慘叫聲此起彼落。

「嗚……嗚哇！」

「這……這是怎麼回事呀……！」

艾蓮轉動眼珠子看向聲音的來源，發現有好幾名陌生小孩待在那裡。

不——不對。定睛一看，那些孩子全都留有艾蓮部下的特徵。恐怕是被〈贗造魔女〉的能力變成小孩的模樣了吧。

艾蓮將視線落在沒有持光劍的左手——想當然耳，她看見的是比她記憶中還要小許多的手掌。艾蓮似乎也跟其他巫師們一樣被變小了，接線套裝跟著身體縮小一號，但CR-Unit卻保持原來的大小，異常地不平衡。

「啊哈哈哈哈哈哈！妳這樣比較可愛喲！」

七罪看似感到十分有趣地捧腹大笑。

「勝負尚未揭曉喔。」

「是嗎？憑妳那嬌小的體型，到底能做什麼呢？乖乖回家向妳媽媽撒嬌吧。呵呵呵呵呵！」

「……」

艾蓮悄悄瞇細雙眼，朝大腦發布指令，操作隨意領域。掃描身體，確認自己的狀態。在一瞬間掌握肌肉量、骨密度、代謝機能、神經系統，以及其他各類資訊。原來如此，確實可看出所有能力全都下降，或許連活動舌頭的肌肉都退化了，似乎還妨礙到發音。真是十分棘手的能力。

不過——

「——足以殺了妳。」

艾蓮口齒不清地如此說著，重新握好〈Caledfwlch〉的劍柄，往空中一踹，瞬間逼近七罪。

「咦——？」

面對艾蓮瞬間的攻擊，徹底大意的七罪呆滯地發出聲音，瞪大雙眼。

艾蓮不理會七罪的反應，將〈Caledfwlch〉一揮而下。

「咦……咦……？」

七罪將眼睛瞪得老大，從喉嚨擠出茫然的聲音。

——她不明白剛才發生了什麼事情。

七罪一如往常以〈贗造魔女〉抑制了對手的力量，讓對抗自己的巫師們退化、減半其所有能力。再說巫師本來就是一群不可能匹敵精靈七罪的小嘍囉，本應就此決出勝負才對。

然而，其中卻有一名巫師不受影響，朝七罪揮劍而來。

「咦？啊……」

從未經歷的事態令七罪的頭腦一片混亂。

沒錯。當人稱艾蓮的少女將閃閃發光的劍一閃而下的瞬間，胸部到腹部產生熾熱般的感覺貫穿全身——七罪往後倒下。

七罪緩緩舉起原先擱在視線模糊的眼睛以及腹部的手——沾滿大量鮮血的手掌。

「噫……！」

看見那一幕的瞬間，原先尚未湧現出真實感的強烈痛楚竄過七罪的身體。

——好痛。好痛、好痛、好痛、好痛、好痛好痛好痛好痛好痛好痛好痛……！

「啊……啊啊啊啊啊啊啊啊啊啊啊啊啊啊啊……！」

至今從未感受過的劇痛令七罪發出淒厲的叫聲。宛如尖銳的刺逐漸刺進體內的感覺，意識朦朧、視野模糊。可是，連續不斷襲來的猛烈刺激卻不允許她昏厥，地獄般的連鎖反應綿延不絕地持續下去。

「騙……人……這是……怎麼回事呀……」

艾蓮揮下的一擊光刃將七罪的身體連同靈裝一起深深劈開。即使腦部理解這項事實，七罪仍無法置信剛才所發生的事。

然而，不管七罪承不承認，事實都不會改變。倒臥在地的七罪視野中映入了手持光劍的艾蓮身影。

「——原來如此，看來力量果然降低了呢。我在這麼近的距離之下，竟然沒擊中要害。」

如此說完的瞬間，艾蓮的身體發出淡淡光芒——恢復成原本十八歲左右的少女模樣。

想必由於七罪負傷，所以從最後被變身的對象開始往前解除力量了吧。實際上，七罪的身體仍保持變身的模樣。

「哎呀，恢復原狀了呢。」

艾蓮不斷開合左手掌確認身體的感覺後，再次將視線落在七罪身上。

「那麼，該怎麼辦呢？對我來說，要活捉妳還是殺掉妳、只取出靈魂結晶都沒關係。」

艾蓮冷漠地開口說道。七罪費力地從喉嚨擠出聲音：

「……放……過……我……我……不想——死……」

「是無所謂啦，但這個選項只會讓妳更痛苦喔。」

艾蓮如此說完的同時，和她一樣解除變身的巫師們聚集到周圍來。

「執行部長大人，該怎麼處理？」

「放她一馬，帶回去吧。這傷勢諒她也沒辦法胡鬧——」

艾蓮說著再次握好劍柄。

「不過，她似乎擁有麻煩的能力，以防萬一，先砍斷她的手腳吧。」

「——噫……！」

七罪哽住呼吸，試圖掙扎著逃離艾蓮，卻無法隨心所欲地施力。

在這期間，艾蓮緩緩地舉起劍——

「牙一咬就過去了。請不要在中途死掉喔。」

她淡然說著並揮下劍。

「————！」

七罪不由自主地閉上眼。為了忍受即將來襲的痛楚，她咬緊牙關。

右手？左手？右腳？還是左腳……？痛楚仍沒有降臨。她害怕得連睜開眼睛、活動指尖確認都不敢。然而——

「什麼……」

耳邊傳來艾蓮略帶驚訝的聲音，七罪戰戰兢兢地睜開眼。

「咦……？」

然後，意想不到的光景令她發出錯愕的聲音。

她眼前的畫面是一名小女孩的背影。女孩穿著發出淡淡光輝的靈裝，高舉看起來與她身高無異的巨大寶劍，保護她免受艾蓮的攻擊。

七罪立刻發現她曾看過這個女孩——夜刀神十香。前陣子，被七罪變身成小孩的少女。

「喝啊！」

十香伴隨著裂帛般清厲的氣勢揮舞大劍。艾蓮不與她對抗，往後跳拉開距離。

十香謹慎地瞪著艾蓮，高聲說道：

「沒事吧！」

「妳……妳為什麼……會在這種地方……」

七罪說完，配合這個時間點，周圍出現更大的變化。

某處傳來勇猛的曲調，四周的氣溫同時驟降，空氣中的水分發出啪哩啪哩的聲音開始凍結。周圍的樹木和地面，甚至連包覆巫師的猶如隱形屏障的東西都下起薄霜。

「唔……！」

「隨意領域開始凍結了……！」

「這樣下去很危險！先解除隨意領域之後再展開，往空中飛離吧！」

巫師們解除開始凍結的隨意領域一瞬間後，打算馬上再次展開。

可是──

「呵呵呵！很明智的戰術！正常來說，那才是正確的做法！」

「可惜。不過，只要有夕弦和耶俱矢在，就不得不說妳們判斷錯誤了。」

兩道聲音早一步在巫師們再次展開隨意領域之前傳來，四周隨即狂風大作，輕而易舉地吹飛失去防護的巫師們。

「嗚……嗚哇！」

「哇哈哈哈！汝等太天真了！太天真了呀！」

「嘲笑。真沒用。」

外貌如出一轍的雙胞胎發出爽朗的笑聲及語氣毫無抑揚頓挫的聲音，降落到地面。她們是八舞姊妹，同樣是被七罪的能力變成小孩的兩名少女。

「……！」

與剛才不同的另一種困惑支配著七罪的腦海。

她不明白。為何——理應遭受七罪惡形惡狀愚弄的她們，現在會想要幫助七罪？

「七罪！」

不過，突然傳來的呼喚瞬間打斷七罪的思考。

五河士道從後方現身，蹲在七罪的身旁。

「血……！七罪！妳沒事吧！」

「……士……道……？」

——為什麼連你都來了？

七罪無法將這句話完整說出口。或許是因為出血過多，身體使不上力。

「唔……我馬上幫妳治療……！」

「——你認為我會讓你這麼做嗎？」

打斷士道說話的人是艾蓮。在被八舞姊妹的風吹飛的巫師們當中，似乎只有一人依舊保持著隨意領域，藉由提高魔力密度來防止凍結。

「〈公主〉、〈狂戰士〉，這個冷氣是〈隱居者〉嗎？還有這首曲子——看來〈歌姬〉也躲

藏在某處呢。原來如此，雖然是出其不意的攻擊，力量減弱的〈公主〉能與我對打，就是這個道理呀。」

艾蓮說著瞇細雙眼。

「有六名精靈，其中五名呈現小孩子狀態，剩下的一名受了重傷……雖然艾克吩咐我先暫時觀察一下狀況，不過遇到這樣千載難逢的好機會，事情就另當別論了。」

艾蓮舉起劍。士道以充滿緊張感的視線怒瞪著她，開口說道：

「……這樣好嗎，艾蓮小姐？妳的同伴全都被打趴了，妳可是寡不敵眾喔。」

「用不著您操心。我一開始就沒把她們算在內。」

聽見艾蓮這番話，士道的臉頰冒出汗水。

事實上，七罪也認為很明顯是艾蓮占上風。雖說士道那方人數眾多，但艾蓮的力量實在異於常人。若是所有人都擁有十全的力量倒還好，但在這種狀況下不可能有勝算。

然而，士道舔了一下嘴脣，大聲吶喊：

「是嗎？那麼我就不客氣地好好利用人數多的優勢了——美九！」

彷彿呼應士道說的話一般，響徹四周的音樂改變了曲調。

相對於剛剛振奮人心的進行曲，這次的曲子優美纖細，擁有音符滲透內心般的神祕魅力。

「不管你們做什麼都是白費功夫。我不會被那種東西——」

「是啊，『對妳』應該是沒有用吧。」

「你說什麼？」

艾蓮一臉疑惑地皺起眉頭的瞬間，原本被吹飛到周圍的巫師們猶如傀儡以不自然的姿勢坐起身，開始朝艾蓮聚集而去。

「嘖──」

艾蓮憤恨不平地咂嘴，單腳用力踩踏地面。於是，原本展開於艾蓮周圍的隱形屏障膨脹了起來，制止行徑宛如殭屍逼近而來的巫師們的行動。

不過，士道彷彿早就預想到這種情況，將手放在耳邊。

「──趁現在！琴里！拜託妳傳送了！」

就在士道說完的瞬間，七罪感覺到自己的身體被奇妙的飄浮感包圍。

「什……麼……」

「傷口可能會痛，但妳就稍微忍耐一下……！」

「咦──」

聽著士道的聲音，七罪感受到身體被往上拉以及變身的身體恢復原貌的感覺──就這麼失去了意識。

◇

「……！」

折紙在自家的客廳裡，突然感受到一股異樣感朝自己的身體襲來，不禁皺起了眉頭。

沒有任何前兆，身體便發出淡淡的光芒，隨後身高緩慢卻確實地增高，恢復了被精靈七罪變成小孩前的狀態。

「這是……」

折紙試著握起雙手、轉動肩膀確認身體的感覺。沒有發現任何異常，看來真的恢復原狀了。

「……到底……」

發生了什麼事？是七罪玩膩了這個遊戲？還是士道發現七罪，成功說服了她？抑或是ＡＳＴ成功討伐了七罪——雖然想得到幾個理由，但無論如何這無疑是好消息。折紙原地站起身來。

「唔……」

或許是身體突然變回原狀的影響，猶如突然站起來時所產生的暈眩，有點頭昏眼花。折紙扶著桌面支撐身體。

不過數秒後，暈眩感便消失了。折紙輕輕壓著頭部，再次站起來。

首先必須確認事實。必須去士道家一趟，問清楚到底發生了什麼事，而且最好也確認夜刀神十香以及其他精靈們是否恢復了原狀。如果她們依然維持小孩的狀態，學校將會成為妨礙者無法進入的折紙和士道的愛巢。

而且或許也到ＡＳＴ的天宮駐防基地去露個面比較好。由於折紙目前正在等待先前違反命令的處分下來，因此無法參與任務，但應該可以從同事美紀惠或維修員米爾德蕾德那裡打聽部隊的近況。

先決定好方針後，折紙拉了拉衣領。身體在穿著童裝的狀態下恢復原狀，所以尺寸不合。

折紙走向寢室，從衣櫃裡隨意挑選一套服裝，迅速換好衣服後走到玄關。

不過——此時折紙抽動了一下眉毛。

理由很單純。因為她感受到玄關外面有人。

折紙的公寓入口也設有自動門鎖，沒有住戶的許可甚至無法進入公寓內，不太可能是快遞或突然上門的推銷人員。如此一來——

「……」

折紙一語不發地躲在牆後，一邊注意玄關的動靜一邊從腿掛槍套中掏出小型自動手槍。

片刻之後，才剛響起喀嚓的細小聲響，門便被一把打了開來，數名男子進到屋內。

不過那一瞬間，裝設在門上的金屬線被扯開，催淚噴霧一口氣朝男子們噴灑過去。

「唔哇！」

「這是……什麼……！」

想必他們沒料到普通公寓竟然會安裝防止入侵者的機關吧。男子們發出驚慌失措的聲音。

折紙微微皺眉。人數比預想的還要多，就算跟他們交手，也無法保證能確實獲勝。

折紙在轉瞬間做出判斷後，穿過屋內，從窗戶來到屋外。

她考慮到有可能會發生這種情況，早（瞞著房東）在公寓的牆面架設了簡單的鷹架。折紙輕快地沿著鷹架爬到地面。

「人從窗戶逃跑了！」

「快追！」

上方傳來男子們的聲音。總不能就這樣留在原地等著被抓吧。折紙拿出以防萬一而事先藏在公寓用地內的鞋子，迅速穿上朝街上跑去。

「他們……」

究竟是何方神聖？折紙一邊逃一邊輕聲低喃，試著在腦海裡找尋線索。然而卻猜不出突然闖進自家、粗暴的不速之客為何許人也。

就在折紙思考這件事的時候，口袋裡的手機震動了起來。

她謹慎地維持奔跑的速度，摸索口袋，拿出手機，發現螢幕上顯示著「日下部燎子」這個名

字。是折紙隸屬的ＡＳＴ隊長的名字。

折紙按下通話鍵，將電話抵在耳邊，隨即傳來熟悉的聲音。

『喂，折紙？』

「什麼事？」

折紙一邊奔跑一邊回話，燎子似乎察覺到這個狀況，哽住呼吸。

『折紙，妳該不會正在逃跑吧？』

「……妳怎麼會知道？」

折紙簡短地提出疑問，於是燎子沉默了半晌後，難以啟齒地繼續說道：

『妳冷靜聽我說——就在剛才，妳的懲戒處分決定了。』

「……！」

聽見燎子沉重的話語，折紙不禁屏住了呼吸。

不過單憑那句話，折紙便完全理解了。剛才闖進家門的男人們是被派來拘捕折紙的特務人員。她曾經聽說在向出問題的人員傳達處分之前，會先拘捕管束以防對方反抗。

上個月，折紙為了保護士道，使用了禁止使用的討伐兵裝，攻擊友軍ＤＥＭ公司的部隊。在這件事落幕之前，折紙被禁止參與ＡＳＴ的任務。

不過，這件事情追根究柢也歸因於ＤＥＭ過於放肆的行動，因此上層當中也有人提出同情折紙的意見。但究竟為什麼會——

燎子彷彿察覺到折紙的想法，繼續說道：

『……大多數人都表示應以特例來處理。但發布下來的處分卻是懲戒——十之八九是有某種力量在背後操控。』

「……DEM。」

『……』

燎子沒有回應——但她的沉默便是最好的回答。

『——總之，我之後打算試著跟高層談判。妳現在就——』

「找到了！在這裡！」

就在那一瞬間，男人出現在前方的路上，阻擋了折紙的去路。很難想像折紙會被超前，恐怕一開始就有其他人馬在吧。

「……！」

情非得已之下，只好走小路——但前方卻是死胡同。折紙馬上被逼到了牆邊。

「妳真是讓我們大費周章啊，鳶一上士。妳的處分決定了，跟我們走一趟吧。」

疑似隊長的男子走向前來，瞪著折紙說道。折紙沒有回應他的話，轉動眼珠觀察四周的情況。前方、後方、上方、左右方——卻找不到能徹底擺脫這些人數的路徑。

或許是察覺到折紙的心思，隊長等級的男人從鼻間哼了一聲。

「別白費心思，束手就擒吧。」

「唔……」

折紙憤恨地瞪著男人，手裡的手機突然震動了起來。有人打電話過來。看來，剛才顧著逃離男人們時不小心切斷了通話，想必是燎子重新打電話過來了吧。

說不定能從她口中得到什麼新的情報。折紙謹慎地瞪著男人們，沒看螢幕只用手指摸索著按下通話鍵，將手機貼近耳邊。

然而——

『——喂？請問這是鳶一折紙上士的手機沒錯吧？』

從電話另一頭傳來的是預料之外的聲音。

「……！艾蓮·梅瑟斯……？」

折紙皺起眉頭，呼喚那個名字。艾蓮——ＤＥＭ公司的巫師。

或許是聽到那個名字的關係，男人微微顫了一下眉毛。

「妳到底有什麼事？」

『口氣別那麼衝嘛，鳶一上士。』

或許是感受到折紙語氣中蘊含的些許敵意，艾蓮如此說道。

然而，折紙現在正因為ＤＥＭ從中作梗而即將失去力量，要自己不對她抱有敵意才是強人所難吧。

再說，折紙和艾蓮前陣子才在ＤＥＭ日本分公司刀鋒相接。當然，兩人的實力差距顯而易見——但折紙也給了艾蓮一記痛擊。至少艾蓮也不會對折紙抱有好感吧。

但艾蓮絲毫沒有對折紙表露出惡意，只是用非常制式的語調繼續說道：

『我就單刀直入說了——鳶一上士，妳願意當我的部下嗎？』

「……這是什麼意思？」

聽見出乎意料的話，折紙一臉疑惑地皺起眉頭。

『就是字面上的意思。妳願不願意加入DEM Industry第二執行部？我保證在各方面給予妳比現在更優渥的待遇。』

「——我不打算協助會傷害士道的組織。」

『這一點妳毋須擔心。關於五河士道，我們目前的方針傾向於不對他採取積極性的攻擊。』

「……妳要我相信這種鬼話嗎？」

折紙說完後，艾蓮輕輕嘆了一口氣。

『這樣嗎？那真是遺憾呢。不過，這樣真的好嗎？妳現在似乎陷入絕境了呢。要是現在被逮住，妳將會永遠失去對抗精靈的能力。』

「……！」

聽見艾蓮說的話，折紙的視線變得銳利。她知道折紙現在的狀況。

剎那間，所有的事情都串連了起來。基於ＤＥＭ的介入決定了折紙處分的理由。

「……妳是恨我傷了妳吧？」

『不敢說絕對沒有。不過，現在想要派得上用場的部下這個渴望更勝於怨恨——我就是要妳這種能將我打傷的人呀。』

「……」

折紙的表情當然不可能傳到電話另一頭，但艾蓮彷彿看穿了折紙的反應，繼續說道：

『DEM Industry有許多各國配備都比不上的高性能CR-Unit——妳難道不想替父母報仇嗎？』

「……！」

看來她已經調查過折紙的過去。折紙看似不悅地嘆了一口氣。

然而，艾蓮接下來說的話語讓折紙那不悅的聲音悄然而止。

『——五年前，侵襲天宮市南甲町的大火。當時在現場偵測到複數的靈波反應。當然那是ＤＥＭ的極機密資料——倘若妳成為第二執行部的巫師，讓妳知道也無妨喔。』

「什麼——」

折紙瞪大雙眼，屏住呼吸。

複數的靈波反應。那便印證了士道說的話。

士道的妹妹，〈炎魔〉五河琴里。折紙過去視那名火焰精靈為殺親仇人，一直追捕至今。

然而士道卻對她說當時現場還有其他精靈存在——琴里並非折紙的殺親仇人。

此時宛如配合這個時間點一般，站在折紙面前的男人發出不耐煩的聲音說：

「妳從剛才開始就在說些什麼！夠了，給我抓起來！」

男人們聽從隊長的號令，逐漸縮短距離，包圍折紙。

「唔——」

『——好了，妳要怎麼辦呢？鳶一折紙？』

「……………………」

經過數秒的沉默——折紙說出了她的決定。

「——我答應妳，給我力量。」

於是，就在那一瞬間——

「唔……！」

「呃啊——」

企圖捉拿折紙而逐漸靠近的男人們一齊發出痛苦的呻吟，紛紛倒地。

「！這是……」

正當折紙皺起眉頭，一名將手機抵在耳邊的淡金色頭髮少女緩緩地從倒臥在地的男人們背後走了過來。

接著，朝折紙伸出手。

「——歡迎加入DEM Industry。」

艾蓮．梅瑟斯的聲音——

從正面及電話另一頭震動折紙的鼓膜。

第八章 變身（Make up）

「——聽說七罪清醒了！」

一打開門，士道便高聲吶喊。

這裡是〈拉塔托斯克〉在市內擁有的地下設施一角。室內的構造設計成像〈佛拉克西納斯〉的艦橋，擺設了各式各樣的測量儀器與巨大螢幕。

「喔喔，你來得真快呀，士道。」

擺在房間中央的椅子轉了過來，坐在上面的少女面對士道如此回答——是琴里。七罪失去意識時，〈贗造魔女〉的變身能力自然而然地解除，她的形體變回士道記憶中的模樣。

不——正確來說，有些不同。士道疑惑地歪了歪頭。

「嗯……？琴里，妳的臉怎麼了？」

仔細一瞧，琴里的臉上隱約可見幾條紅色的痕跡。沒錯，宛如被貓抓傷一樣。

琴里「啊……」的一聲，搔了搔臉頰對士道說：「……反正，你也要小心。」

「呃，小心什麼啊……算了，話說七罪在哪裡？她恢復意識了吧？」

「對，剛剛恢復的。往這裡走。」

士道在琴里的催促下走出房間，發出喀喀的規律腳步聲，走在比〈佛拉克西納斯〉還要寬廣的走廊上。

雖然是第一次來這裡，但士道發現它的構造與先前調查七罪真面目時所使用的設施十分相似。看來〈拉塔托斯克〉為了因應各式各樣的事態，擁有幾棟這樣的設施。

琴里等人昨天將七罪傳送至〈佛拉克西納斯〉後，便馬上移送到這個設施，進行治療與檢查。被艾蓮砍中的傷勢就算說得保守一點，也不算是輕傷，所幸沒有生命危險。

「——因為還有艾蓮的關係，本來其實將她收容在〈佛拉克西納斯〉是最好的選擇……但終究還是不能將未封印狀態的精靈留在那裡。」

兩人走在走廊上，琴里瞄了士道一眼並如此說道。

那倒也是。要是力量十足的精靈在內部大肆胡鬧，就算是隔離區域也撐不了一時半刻。

「到了。」

琴里突然停下腳步。眼前可見一扇看起來十分堅固的門。

琴里以熟練的動作在設置於門旁的終端機上輸入數字，將手掌放在上頭。接著便響起輕快的電子音，門朝旁邊滑動開來。

「好了，士道。」

「嗯……」

士道被琴里催促著，走進內部。

門內的空間十分寬敞。形形色色的機器並列於陰暗的區域內，中央有一個以看似相當堅固的玻璃隔成的房間，構造與曾在〈佛拉克西納斯〉收容恢復精靈力量的琴里的隔離空間十分類似。

擺放其中的床上坐著一名面露不悅、愁眉苦臉的少女，她正玩弄著布娃娃。

「……七罪。」

士道靜靜地呼喚她的名字。

整頭亂翹的髮絲以及看似不健康的蒼白肌膚，個子矮小，四肢如樹枝般纖瘦。

如此容貌的少女穿著病服坐在床上。一瞬間，七罪在士道眼裡看起來就像一名罹患重病、來日無多的患者。

與昨天士道等人救助的精靈七罪判若兩人。不過，士道十分明白。眼前隔著玻璃所看見的那副模樣，正是七罪真實的樣貌。

「——我想應該不用我提醒你。」

琴里晃動著含在嘴裡的加倍佳糖果棒如此說道：

「要十分小心。雖然受到艾蓮攻擊的傷勢影響，她似乎暫時無法使用天使，但她仍是精靈。而且，現在她對你的印象數值差到了極點。」

「我明白……不過如果不由我跟她談，就沒意義了吧。」

「沒錯。只要七罪不對你敞開心房，就無法封印她的能力。我不會要求你此時此地讓七罪迷戀上你，但你得製造一個好的開端。畢竟這可是個千載難逢的大好機會呀。」

「大好機會？」

士道一臉納悶地詢問後，琴里便裝模作樣地聳了聳肩。

「那是當然的吧。她現在可是處於受到重傷、無法隨心所欲施展力量，而且還被軟禁在陌生環境的狀態喔。就算逞強，還是會感到非常不安吧。只要你消除她的不安，就十分有可能提升她對你的好感度。」

「會那麼順利嗎……對象是我的話，她可能會有所防備喔。」

「或許吧。不過，你好歹也算是挺身而出救了七罪的英雄嘛。她應該不會對你太冷淡吧？」

「真是那樣就好了。」

士道稍微調整呼吸，輕聲對琴里說「我過去了」後，觸摸以玻璃區隔而成的房間入口。

緩緩打開門，進入房內。從外部看起來是透明的牆壁，由內側看卻是普通的白色牆面。房間內除了床之外，還擺著櫃子和桌子，也準備了各式各樣的娛樂用品。由此可見〈拉塔托斯克〉為了不讓七罪感到無聊而做出了許多努力，真是令人鼻酸。

「……！」

士道踏進房間的瞬間，坐在床上的七罪抖了一下肩膀。
「嗨……嗨……七罪。」
士道極盡所能地面帶笑容，向她打招呼。可是七罪不但沒有回應他，還隨手拿起放在床上的枕頭、抱枕、布娃娃扔向他。
「……！……！」
「哇！喂！很危險耶，七罪！」
「不……看……裡……！」
「咦？」
聽不清楚七罪在說些什麼。士道皺起眉頭反問。
「不要……看這裡……！」
「咦？呃，為什麼……」
士道惑疑地歪著頭，結果一隻熊貓玩偶飛了過來，正中他的臉。
「嘿噗！」
「……！」
然而，那隻熊貓似乎是她最後的武器了。七罪發現床上已經沒東西可扔，驚慌失措了一會兒後，便一頭鑽進了被窩。

在裡頭蠢動了幾秒後，只露出一雙眼睛瞪著士道。那副模樣宛如穿著吉利服（Ghillie Suit）潛藏在草叢中的狙擊手一樣。

「有……有事嗎……！」

七罪以充滿敵意的視線瞪著士道說了。

「沒有啦，就想說跟妳聊聊……」

「我們無話可說……！給……給我滾出去！」

「別……別這麼說嘛。妳的傷勢還好嗎？」

「唔……！」

士道說完後，七罪便一臉尷尬地支吾其詞。

她沉默了數秒後，繼續說道：

「……為什麼……要救我？」

「為什麼……因為妳被艾蓮砍傷了啊……」

「我不是在問你這個！」

士道回答後，七罪便大聲怒吼打斷他說話。

「我……我……變身成你的模樣，還讓你的夥伴消失……做了許多過分的事！為什麼……為什麼還要救我！不論是你！還是你的夥伴……！」

七罪說完伸出手指狠狠指向士道。士道環抱雙臂，疲憊似的嘆了一口氣。

「是啊……那真是搞得我雞飛狗跳，嚇得我冒出一身冷汗。妳可別再搞那種花招了喔。」

「不是啦……！」

七罪一臉焦躁地說道。士道沉思片刻，隨後捶了一下手心。

「啊，對喔。妳也要好好跟大家道歉喔！」

「啊啊，真是的……！」

七罪在被窩裡猛力揮著手，四周揚起塵埃。看來她並不滿意士道的回答。

只是就算問士道為什麼救她，他也只是感到困擾罷了。士道搔了搔後腦杓回答：

「就算妳這麼問……遇到那種場面，當然要救啊。」

「開……開什麼玩笑！怎麼可能啊！快說！你的目的是什麼！到底是怎麼樣的企圖，讓你願意幫助處處跟你作對的犯人！」

「……呃，這個嘛，我確實被整得滿慘的……不過跟精靈對話的時候，或多或少都要承擔一些風險。妳認識十香和四糸乃她們吧？我想妳應該已經知道了，她們也跟妳一樣是精靈。老實說，我有幾次差點進了鬼門關呢！」

「鬼……鬼門關……？」

「是啊。像是被光束不分青紅皂白地攻擊，或是差點把我連同整個城鎮冰封起來。」

「什……什麼！」

「好像還有真的差點被吃掉、被燒成木炭呢。」

「咦……咦？」

「另外還有受到颱風侵襲，差點被吹飛……啊啊，說到最近，街上的人全都被洗腦，一齊朝我攻擊過來的時候真的很慘呢。」

「……」

七罪從棉被的隙縫間，像是在看什麼難以置信的東西般看著士道。士道苦笑著繼續說：

「所以……該怎麼說呢，既然有人受害，我也沒辦法要妳別在意。但十香她們都有反省自己做過的錯事，克服障礙，如今像這樣子過活。既然如此，妳沒道理做不到吧？」

士道說完，七罪沉默了片刻，不屑地從鼻間哼了一聲。

「搞……搞什麼呀……你以為你說這些話很酷嗎？」

「不，那種想法……」

也不能說完全沒有。士道搔了搔臉頰，再次對七罪說：

「話說，我也可以問妳一個問題嗎？」

「…………………………什麼問題啦。」

停頓了許久後，七罪如此回答。雖然口氣不佳，但沒拒絕就謝天謝地了。士道輕輕點了點頭問道：

「妳變身成我的模樣，又讓大家消失的理由是什麼？到底為什麼要做出那種事？」

「……！」

士道這麼一問，七罪便從棉被的隙縫狠狠瞪著士道。

「那當然是因為……你那時候看見了我的祕密呀……！」

「祕密……？」

「當……當然是指……我真正的面貌呀！」

「什麼……？等……等一下，為什麼被人看到那副模樣會成為動機啊！」

士道反問噙著淚水大喊的七罪。七罪緊咬牙關繼續說道：

「你竟然……問我為什麼……？開……開玩笑也該有個限度吧！用膝蓋想也知道！被……被人看見這種其貌不揚的模樣……怎麼可能毫不在意嘛！還是怎樣？難道讓我親口說出這件事就是你的目的嗎！」

七罪以歇斯底里的語氣怒吼，用力敲打床面。雖然士道不甚明白，但對七罪而言，那似乎是她的致命傷。她怒紅著眼，激動地繼續說：

「一開始我們相遇的時候，氣氛滿好的吧？你當時稱讚我漂亮對吧？但你之所以會稱讚我漂亮，是因為我是那個大姊姊的模樣吧！如果我打從一開始就是現在的模樣，你還會做出那種反應嗎？不會吧？根本不會感到緊張對吧？就算我跟你攀談，你也有可能不理我對吧！」

「那……那種事……」

「就——是——會——發——生——！事實上——『我』曾經以『原貌』示人，但這世界的人們沒有一個願意理我……！」

「七罪……？」

士道感覺她說話的語氣一瞬間變得十分哀傷，於是皺起了眉頭。

但七罪立刻再次恢復銳利的目光。

「總之！我不允許知道我真面目的人活在這世上……！」

七罪說完又蓋上凌亂的棉被，活脫脫像隻毛毛蟲。

士道像是被七罪的氣勢震懾似的，往後退了一步，並且在腦海裡統整七罪說的話。

簡單來說……七罪似乎非常討厭自己本來的面貌，因此才利用〈贗造魔女〉的能力，將自己的身體變成夢想中的大姊姊模樣。

單就整體情況而言，跟以前的魔女沒兩樣……只是七罪對自己本來的面貌似乎抱有極為強烈的厭惡感。

不過理解了七罪的心思後，士道仍有想不透的地方。

是個很單純的問題，那就是——

「唔……可是，七罪，妳現在的樣貌真有那麼不堪嗎？」

頭髮確實亂糟糟的，怎麼也難以恭維說是柔順，但他認為七罪的外表不至於差到令她自卑的程度。只要稍微打扮一下，絕對稱得上是可愛吧。

然而聽見士道說的話，七罪的眼神卻充滿赤裸裸的敵意。

「說那種話……！我是不會被騙的！不會被騙的啦！」

「不，我沒有在騙妳啦。讓我好好看看妳的臉。」

士道說完緩緩走向床，拉扯七罪身上蓋著的棉被。

「！嗯！嗯嗯！」

七罪胡亂動著手腳掙扎，試圖抵抗——但或許是礙於傷勢的影響，她馬上就安靜下來，棉被遭士道一把掀開。

「……！」

七罪滿臉通紅，緊緊閉上雙眼，蜷縮著身體。

確實不像成熟版的七罪有著肉感又挑逗情慾的魅力，但只要好好整理儀容，一定能變身成窈窕淑女。

「嗯，果然沒錯呢。妳不要妄自菲薄嘛。現在的妳有現在的妳散發出來的魅力啊。」

「你說什麼……！少說得一副你很了解的樣子……！」

七罪露出憎恨的表情，士道則目不轉睛地凝視著她的臉龐。七罪頓時止住話語，一臉困惑地游移著雙眼。

經過片刻的沉默，七罪輕輕開口說道：

「…………真的嗎？我……可以維持原本的樣貌嗎？」

「當然是真的啊。」

士道用力點點頭，朝七罪伸出手。

「所以，好好以妳原本的姿態誠心誠意地跟大家道歉吧。別擔心，大家會諒解妳的。如此一來——應該就能和大家成為朋友。」

「……朋……友……」

「是啊。」

七罪露出不知所措的表情低著頭，不久便小心翼翼地伸出手，朝士道的手靠近。

然而，在兩人的手即將觸碰到的瞬間——

七罪翻過掌心，迅速地豎起中指。

「——你以為我會上當嗎！笨蛋——！」

然後大聲地如此說道。

「咦……？」

「朋友——？反正你說出那種話的目的，是要把上當的我當成笑柄吧！說『嗚哇！那傢伙竟然把那種話當真，走出來了呢，真蠢！』然後大家一起大聲嘲笑我吧！你早就準備好上面寫著『整人』的板子了吧！我早就看穿了！早就看穿了啦！」

「我……我沒有啊……七罪？」

士道宛如被七罪的氣勢震懾般倒退了一步。然而，七罪非但沒有冷靜下來，反而更加激動。

「你心裡一定在想『這種醜女竟然披著漂亮大姊姊的皮得意忘形，真是噁心！』對吧！不用你囉嗦，我也知道啦！自己是個無可救藥的廢物這種事，這世上最清楚的人就是我了啦！可是，我有什麼辦法嘛！不然你要我怎麼樣嘛！」

「冷……冷靜點，七罪！沒有人這麼想——」

「吵、死、了——！像你這種假好心的人，就是會在背地裡偷偷摸摸說人壞話，在社群網站上寫些狠毒咒罵的話啦！肯定會寫『今天看到了這種恐龍妹，心情有夠差！』還附上照片貼文對吧！啊——我受夠了，去死去死去死去死去死去死吧——！我要引發公幹！把貼文截圖下來，發到大型網路論壇上，逼那種人退學——！」

「妳對現代社會也太了解了吧！」

士道不由自主地吐起槽，但現在不是幹這種事的時候。得想辦法安撫鬧情緒的七罪才行。

「總……總之，妳先冷靜下來好嗎！來，大口深呼吸……」

「喝啊————！」

可是，失敗了。情緒激動的七罪使勁揮動雙手——弓起手指，朝士道的臉狠狠一抓。

「……」

「不是早叫你小心了嗎？」

士道一走出七罪的房間，臉上跟士道一樣留下抓痕的琴里便聳著肩如此說道。看來，琴里也跟他一樣被七罪抓傷了。

「……我還是問一下好了，她的精神狀態如何？」

「情緒多少有些起伏，但終究不到能夠封印力量的程度。」

「我想也是……」

士道撫摸著臉上至今仍發疼的抓痕，望向以透明牆壁區隔而成的隔離室。可看見七罪在床上劇烈喘息，肩膀上上下下起伏晃動。

或許是士道離開後，情緒稍微冷靜下來了，只見七罪調整完呼吸，徐徐地走下床，收拾剛才自己扔出的布娃娃和枕頭。

就看到的情況而言，她的行為十分自律。但看在士道的眼裡，此舉並非為了整理房間，而是為了補充攻擊的材料，以備有人再次進入房間時可以迎擊。

「看來她對自己本來的面貌十分沒自信呢。必須想辦法化解她的自卑感才行，否則即使封印了靈力，也馬上就會引發逆流。」

琴里手抵著下巴，面有難色地說道。

事實上，琴里說得沒錯。倘若封印了七罪的力量，她便無法使用變身能力。當然——也無法變身成那副大姊姊的模樣，必須以真實面貌生活。就七罪的現狀看來……應該非常困難吧。

「可是也不能慢慢跟她耗了，畢竟有時間限制。」

「時間限制？」

士道這麼一問，琴里彷彿在說「那是當然啊」似的點了點頭。

「七罪現在之所以會那麼安分，是因為遭艾蓮砍傷的傷勢尚未復原呀。要是她的身體恢復到能自在操縱天使的程度，想必馬上就會逃跑吧。」

「啊……對喔。考量到這一點，還有多少時間？」

士道說完，琴里便像做出勝利手勢般豎起兩根手指。

「根據令音的判斷，最多還有兩天。必須想辦法在兩天之內打開七罪的心房。」

「唔……」

士道環抱雙臂，皺起眉頭思索。

時間緊迫，再加上七罪甚至不願意跟自己好好溝通。在這種情況下，還是必須先想辦法緩和七罪強烈的自卑感——

「……啊！」

此時士道靈光一閃，捶了一下手心。

「吶，琴里。雖然不知道可不可行，但這麼做妳覺得如何？」

「？怎麼做？」

琴里挑起一邊眉毛，歪了歪頭。於是士道簡潔地向她說明自己想到的主意。

「唔嗯……原來如此。」

琴里手抵著下巴，豎起嘴裡含著的加倍佳糖果棒。

「也好。反正也沒有其他有效的方法，就試試看吧。所需的東西，〈拉塔托斯克〉會全部幫你備妥。」

「嗯，拜託了。我去問問看大家願不願意幫我。」

「好，麻煩你了——明天就執行，在七罪吃完早餐後立刻進行突擊。」

「好，妳可別睡過頭喔。」

「你才是呢。」

琴里如此說完便用手指夾著加倍佳棒棒糖，揚起嘴角露出狡黠的笑容。

「好了——開始我們的戰爭(DATE)吧。」

◇

「嗯……」

隔天早上，七罪一睡醒就聞到房裡飄散著一股香味。

她馬上便發現味道的來源。牆壁的一部分變形成像桌子的模樣，上面擺放著早餐。內容有兩個小餐包、培根蛋，還附有湯跟沙拉。湯冒著熱氣，培根現在還發出滋滋的聲響。由此可知，不是現成的食物，而是剛剛才做好的。

看來房間的構造能夠開關一部分的牆壁，將餐點送進房內。昨天的午餐和晚餐也是在不知不覺中送進房內的。

「……」

七罪將餐盤從牆邊移動到桌上，謹慎地嗅過擺放在盤子上的料理味道後，小心翼翼地開始送進嘴裡。

多汁的培根美味的油脂與滑嫩的雞蛋味道，複雜地在口中混合。七罪不經意露出笑容——隨後又猛力甩了甩頭，抑制住笑意。

「可惡……為什麼這麼好吃呀……」

她一臉不甘地嘟噥，繼續吃著料理。

七罪將塗滿果醬的麵包大口塞進嘴裡，並且重新環顧自己被囚禁的房間。

床、桌子、電視，以及其他生活必需品幾乎一應俱全。而且還會自動配給三餐與點心，也不需要面對人類。就某種意義而言，是最棒的環境。

不過——總不能永遠待在這裡。七罪搓揉著腹部的傷口，緊咬牙根。

雖然不清楚士道和琴里究竟有何目的，但想必對七罪是有害無益，肯定打算以某種方式對七罪進行報復。說不定是計劃把七罪養肥之後再吃掉，這樣就能解釋對方送來如此美味的餐點給七罪的意義了。

「我不會讓你們稱心如意的……！」

被艾蓮砍傷的傷勢復原得很順利，沒什麼意外的話，再過幾天應該就能恢復到得以顯現〈贗造魔女〉的程度。如此一來，這種房間的牆壁便形同薄紙一般，到時候立刻逃脫就好。

雖然也能消失逃到鄰界，但移動於兩個世界之間不僅會對身體造成負擔——回到鄰界的瞬間，也有可能會被這邊的世界拉回來，因此這個手段能不用就不用。

雖說機率微乎其微，但若是在被拉回這世界時，好死不死撞上了那個名為艾蓮的巫師，這次或許就真的會命喪黃泉了。

總之，現在的第一要務便是增強體力，把身體養好。七罪如此思考著，將剩下的食物一口氣扒進嘴裡。

於是，就在這一瞬間——

房間的門突然開啟，好幾個人影頓時衝進室內，轉眼間便包圍了七罪。

「咦……？」

七罪被這突然其來的事態嚇了一跳，不自覺地從喉嚨發出驚愕聲。

她連忙環顧四周，發現那些人全是自己熟悉的臉孔。

士道和琴里，以及先前七罪挑選用來當嫌疑犯的十香和四糸乃。

琴里自然不用說，擁有得天獨厚的面容卻不驕傲自滿的十香，以及以怯懦的態度吸引男人的四糸乃，全是七罪討厭的女生類型。

不過，現在的問題不在那裡。不知為何，包圍七罪的所有人手裡都拿著大麻袋或是繩子。

「你……你們到底……要幹嘛！」

四方遭到包圍的七罪揚起滿是驚慌的聲音，琴里便氣勢洶洶地豎起手指，指向七罪。

「逮捕！」

「喔喔！」

在琴里的一聲號令之下，士道、十香和四糸乃一齊動作。

七罪遭人從背後迅速地套上麻袋，視野頓時陷入一片黑暗。隨後，琴里再次發號施令的同時，她的身體便連同麻袋被繩索一圈一圈綁了起來。

「嗯！嗯嗯嗯嗯嗯！」

即使慌張地掙扎也徒勞無功。她的手腳被繩索牢牢固定，無法動彈。七罪能做的，頂多只有像被海浪沖上岸邊的海豹一樣，使勁地扭動身軀。

接著，她的身體立刻被一把抬起，扛在某人的肩上。

「然後呢，琴里？之後要怎麼辦？」

「嗯，直接把她帶來這邊。」

「好，我知道了！」

這樣的對話透過結實的布袋傳來，扛著七罪的十香便開始移動。

——要被帶到某個地方！七罪的腦海裡浮現各式各樣最壞的想像。被放出袋子後，發現自己在砧板上……！或者，有可能把整個袋子扔進裝有滾燙沸水的鍋子中！

「哇！哇！吃……吃了我，會弄壞肚子啦～～！」

然而，扛著七罪的十香卻全然無動於衷。搖搖晃晃的振動傳來，告知七罪愈來愈接近目的地的事實。
不知道經過了多久，七罪喊累了，開始將身體攤在十香的肩膀上時，十香卻突然停下腳步，慢慢將七罪放下來。
接著解開繩子、拉開麻袋。柔和的光芒射進七罪已經習慣黑暗的眼裡。
「唔……」
七罪用手遮住照射臉部的光線，並等待眼睛習慣亮光後——展開在眼前出乎意料的光景令她目瞪口呆。
「這……這裡是什麼地方呀……」
眼前的所在地並非巨大的砧板，也不是滾滾沸騰的地獄大鍋裡。
暖色系光芒所照射的房間裡擺放著單人床，周圍飄散著像花香的淡淡香氣，是個非常放鬆恬靜的空間。
正當七罪怔怔發呆的時候，站在床旁邊、身穿疑似護士服的少女對她輕輕揮了揮手。
「妳好——歡迎光臨一日限定的ＳＰＡ美容中心『Salon de Miku』！」
少女說完，笑容可掬地面向七罪。七罪看過這張臉。記得她的名字好像叫作——誘宵美九。
豐滿的雙峰炫耀似的掛在胸前，是七罪討厭的女人類型。
「喂……喂，這是怎麼回事呀……」

「還問怎麼回事，剛才美九不是說了嗎？這裡是ＳＰＡ美容中心，我們要幫妳護膚。」

「……！」

士道的回答十分明確，但七罪反而更加混亂了。

「等一下，我聽不懂，為什麼——」

此時，七罪赫然抖了一下肩膀。她猜想到士道等人真正的目的了。

「哈……哈哈，原來如此呀……你們打算讓我做這種事，然後嘲笑會錯意的醜女滑稽的模樣吧？啊哈哈……你們的興趣還真高尚呢。跟我一樣本性壞到骨子……」

「喝啊！」

「好痛！」

七罪話才說到一半，琴里便施展手刀朝她的頭頂劈了下去。七罪不禁按著頭，蹲下身子。

「妳……妳幹嘛啦！」

「比起外表，更需要想辦法治治妳這負面思想和被害妄想症啦。少廢話，快點躺下。我們行程排得很滿。」

「我不要……！為什麼明知道會被取笑，還要刻意做那種事……！」

「我說妳呀……」

琴里一邊嘆息一邊抓了抓頭。此時，士道將手擱在琴里的肩膀上。

「那麼，七罪，這樣如何？我們今天極盡所能地改造妳，讓妳華麗地『變身』。要是成功了，就算我們獲勝，希望妳能跟我們面對面談談——不過，如果妳認為沒有任何改變，就算我們失敗，之後妳愛怎麼樣都隨便妳。」

「……你說隨便我，是指什麼意思？」

「這個嘛……就目前的情況而言，讓妳逃到妳喜歡的地方去如何？」

「……！」

七罪聽見士道說的話，瞪大了雙眼。這提議琴里似乎也沒聽說，她用手肘輕輕撞了撞士道。

「喂，士道。」

「有什麼關係，反正也沒其他方法了——怎麼樣啊，七罪？我覺得這個提議並不壞喔。」

「……」

七罪像是在窺探士道的心思一般，瞇細了雙眼。

反正等到身體復原，她就可以利用〈贗造魔女〉逃脫。不過，只要士道他們身旁有十香和四糸乃這樣的精靈存在，難保不會被防礙。

再說這場勝負根本穩贏不輸。不管他們再怎麼努力，七罪都不認為能夠改變她那難看的模樣。雖然被對方的甜言蜜語欺騙後受到嘲笑會令人火冒三丈，但如果能因此安全地逃脫，也不是件壞事。

「……我知道了。那我就答應吧。」

「是嗎──那麼，妳在這裡就先聽從美九的指示吧。」

「……」

七罪一語不發地狠狠瞪著士道。不過，士道絲毫不畏懼地回望她。

「我會讓妳知道，七罪。」

「……啥？知道什麼？」

「──女孩子就算不用天使，也能『變身』。」

「……！」

這種說法令人十分火大，七罪撇過頭不看士道的臉。

「──那麼，就麻煩妳囉，美九。」

「好的、好～～的，請交給我～～吧。」

士道輕輕揮揮手，從房間內部的門離開。美九轉過身，視線撫過七罪的身體。

「好～～了，那我們開始吧。總之，先把妳身上穿著的衣服脫光光吧～～」

美九說完雙手一張一合地逼近七罪。不知為何，總覺得她眼裡閃耀的光芒跟士道在的時候截然不同。

「呃……別過來……」

七罪忍不住往後退。她死也不要讓這種胸部大得像荷蘭乳牛的女人看到自己乾癟的身體——最重要的，是她本能性察覺到危險。

不過，待在她背後的琴里一把抓住她的肩膀，讓她無法動彈。

「等一下……！」

「妳還真是不死心呢。乖乖就範吧。」

「不用擔心～我不會弄痛妳的～」

「呀！呀！」

美九氣勢洶洶地扒開七罪的病服。七罪激動地揮舞手腳掙扎，仍舊白費力氣，馬上就被扒個精光，推到床上趴著。

「妳……妳要幹嘛……！」

「呵呵呵，妳之前做了那麼多令人害怕的事情～我可要好～好地回敬妳才行～」

美九如此說完，露出一抹冷笑，拿起放在架子上類似瓶子的東西，將裝在裡頭的奇怪液體胡亂塗抹在七罪的背上。

「呀啊啊啊！什麼！妳在幹什麼呀？」

「好了、好了，不可以亂動喲。這可是最高級的精油呢～」

美九輕輕動著指尖，溫柔地撫摸七罪的肌膚。

「啊……啊呼……」

這種感覺七罪至今從未體驗過，她聽見自己的喉嚨發出奇怪的聲音。

「呵呵呵，很舒服吧？雖然還稱不上是專家級，不過我還挺拿手的喲～～肌膚要好好保養才行喲～～」

「就……就算妳……對我這麼說……」

「首先，妳似乎對自己沒有自信，不做任何努力就說那種話，我可沒辦法認同～～當然，世界上也有像十香那樣天生麗質的人，但世界上妳所嫉妒的女性們，每～～個人都是不斷努力地想讓自己變漂亮喲～～」

「可是……我這種人，不管再怎麼努力……」

七罪說著，同時感受到自己的意識漸漸變得模糊。不知是因為身體累積了許多疲勞，還是美九的按摩太過舒服，睡意突然侵襲而來。

「我……」

說完這句話後，七罪便進入了夢鄉。

「——好了！完成囉！」

害羞。

「……！」

七罪因美九的聲音而驚醒。

不知道什麼時候身體被翻了過來，七罪仰躺在床上。雖然胸口上蓋了浴巾，但還是覺得有些害羞。

「感想如何呢？」

「呃……」

被美九這麼一問，七罪輕輕撫摸自己的肌膚。

然後——驚訝地瞪大雙眼。

「！這是……怎……怎麼回事……」

七罪一時之間難以置信。自己乾燥的皮膚變成如嬰兒般水嫩。

「呵呵呵，第一次體驗ＳＰＡ的人都會嚇到呢～～當然，這種狀態不會一直持續下去，但還是很感動對吧～～」

「好厲害……咦！這……真的是我的手嗎……？」

「是呀，無庸置疑是妳的手喲～～呵呵呵，妳的反應這麼驚訝，讓我更期待妳對下一個房間的反應了呢～～」

「咦……？」

「好了，穿好衣服後，接著到這裡來。」

似乎一直坐在房間角落椅子上等待的琴里起身如此說道。順帶一提，十香和四糸乃坐在琴里的旁邊，互相依偎著睡著了。

七罪依照指示穿上剛才脫下的病服後，穿過房間內部的門，來到下一個房間。

「呵呵呵，歡迎來到吾等八舞的領域！」

「讚賞。我稱讚妳的膽量。」

七罪一踏進下一個房間，容貌別無二致的雙胞胎便擺出有些帥氣的姿勢出來迎接她。苗條的耶倶矢以及性感的夕弦，無懈可擊的陣容。果然還是七罪討厭的女生類型。

「這……這裡是……」

七罪雙眼圓睜，環顧整個房間。牆面上設有大鏡子，另外還有大椅子與之相對。一目了然，這裡是——美髮室。

「帶路。請先到這裡來。」

夕弦說完便牽起七罪的手。

「哇……」

七罪就這樣被帶到房間裡的椅子上坐下，夕弦隨後幫她圍上蓋住脖子之下的大布兜。然後椅子往後倒下，七罪呈現仰躺的姿勢。

「妳……妳要幹嘛……」

「繼續。妳待會兒就知道了。」

夕弦如此說完後便扭開手邊的水龍頭，往七罪的頭部淋上適溫的熱水。淋完熱水之後，讓洗髮精在手中起泡，開始仔細清洗七罪的長髮。

「唔……啊……」

被人洗頭這種不習慣的感覺令七罪輕輕扭動身體。或許是看見了這幅情景，站在旁邊的耶俱矢發出宏亮的笑聲。

「哇哈哈哈！夕弦洗頭的技術令人舒暢無比對吧！畢竟在第九十一回合的洗頭比賽中，她的實力不到一分鐘就從吾手中奪得勝利了呀！」

「微笑。也是因為耶俱矢很怕癢嘛。」

夕弦靜靜地說了並沖掉泡沫，接著用氣味芬芳的護髮乳塗抹七罪的頭髮。由於太過舒服，七罪差點再次睡著。

「交換——好了，接下來是耶俱矢的領域。」

護髮完畢，夕弦擦拭七罪的頭髮，將椅子調正並如此說完，耶俱矢便用雙手拔出佩戴在腰間的剪髮用剪刀，靈活地轉個幾圈後擺出剪髮的姿勢。

「呵呵呵！交給吾吧！」

「要……要剪……頭髮嗎？」

「是呀！但汝毋須擔心！看本宮在第九十二回合的剪髮比賽對決結果，就能得知吾的手藝有多高超了！」

「……妳們真的什麼都比呢。」

在一旁觀看的琴里苦笑著說。耶俱矢得意洋洋地挺起胸膛回答「沒錯！」，接著站到七罪的背後。

「吾沒有打算華麗地變髮。但是——受損的髮尾和厚重的髮束！唯有這兩個重點，吾不會輕易放過！看吾以剪技超帝雙刃烈風陣（Kaiser Schere Wind），送汝等慷慨赴義！」

耶俱矢吶喊完，便輕快地舞動手裡的剪刀，七罪的髮尾不斷飛向四周。

經過數十分鐘，七罪滿頭分叉的髮絲整齊得令人驚訝。

「騙人……好厲害呀。」

「呼……大概就這樣了吧。」

耶俱矢猶如決鬥完畢的槍手，「呼」地吹了吹剪刀的尖端，用手指勾住剪刀的指圈轉了幾圈後收回腰間。

然後拿出吹風機和梳子，仔細地吹整七罪硬邦邦的頭髮。

「呵呵……汝自然捲十分嚴重呢，但也並非無計可施。只要趁頭髮尚未乾時給這些傢伙迎頭痛擊，彼等便不會胡鬧。」

「這……這樣啊……」

七罪的臉頰冒出汗水，點了點頭。

不過，看來她的剪髮技術確實正如她自賣自誇般高超，七罪總是亂翹的頭髮蓬鬆輕盈得令人不敢置信。不知道是不是心理作用，頭髮甚至看起來散發著些許光澤。

「呵呵，成果很令人滿意呢。可以前進到下一個區域了。」

「同意。往這邊走。」

「呃……」

下一個區域。聽見這句話，七罪一臉不安地皺起眉頭。

不過，事到如今也無法退縮了。七罪被催促著打開房間內側的門，後面跟著琴里、八舞姊妹、美九，以及似乎在七罪剪髮期間清醒的十香和四糸乃。

打開門看見的是至今最寬敞的空間。在白熱燈照射下的寬廣地板所及之處，排列著摺疊整齊的襯衫、掛在衣架上的大衣、裙子等衣物。

沒錯——這裡是酷似所謂的精品店或時裝店的空間。

「這……這裡是……」

七罪東張西望環顧四周，然後與待在背後的琴里四目相接。

「呵呵。說到ＳＰＡ、美髮室，接下來當然是挑選衣服啦。」
聽見琴里說的話，十香等人「嗯、嗯」地點了點頭。
「……什……什麼？等一下，我對那種事不太——」
「好了、好了，有話待會兒再說——那麼，各位！」
像是要蓋過七罪的聲音一般，琴里「啪啪」地拍了拍手。
「嗯！」
於是，不知是什麼時候準備好的，所有人手上拿著各自挑選的服裝，一口氣逼近七罪。十香將可愛的連身洋裝貼到七罪的身上比對，並且揚起爽朗的聲音說：
「這一件不錯嘛！很可愛喔！」
「嗯，對呀，還不賴嘛。不過現在這種時節，可能會有點冷。」
琴里搓著下巴說完，這次換四糸乃拿起外套；夕弦拿起帽子示意：
「那麼，再穿上這一件……」
「提議。我推薦這個。」
「嗯，很不錯嘛。好了，總之妳就先去試穿看看吧，七罪。」
琴里說完，理所當然般將七罪推往更衣室的方向。
「喂……妳們幹嘛擅自決定呀！」

七罪吶喊完，耶俱矢便說出「對嘛、對嘛」表示同意。

「七罪說得沒錯。稍待片刻，讓本宮來挑選適合七罪的衣服。」

耶俱矢說完便拿出一件附有許多鏈條和皮帶的黑色服裝。

「啊～～那種風格不行啦。七罪比較適合我這邊的衣服～～」

美九拿起別件衣服，反對耶俱矢的建議。不過美九也半斤八兩，挑選的是綴滿荷葉邊、像洋娃娃穿的那種洋裝。

「……」

七罪一語不發地接下十香、四糸乃與夕弦的衣服後，拖著沉重的腳步緩緩走向更衣室，用力拉上布簾。

「為……為什麼！為何拒絕本宮的漆黑服裝……！」

「啊啊嗯！穿起來絕對會很可愛耶！」

耶俱矢與美九的聲音透過布簾傳進七罪的耳裡。

「可惡！是怎樣啦，這些是什麼鬼東西嘛……」

七罪一邊抱怨，一邊將手擱在身上穿的病服前襟。

雖然完全不想換，但要是抱怨東抱怨西的，搞不好會被強迫換上耶俱矢或美九選擇的服裝。

七罪抱著鬱悶的心情脫掉病服，穿上連身洋裝和外套，戴上帽子。

「唔，七罪，妳還沒換好嗎？」

「妳要是還不想換，我跟十香就進去幫妳扒掉衣服喲。」

布簾後方傳來十香和琴里的聲音。七罪深深嘆了一口氣，下定決心，跟拉上布簾時的態度截然不同，徐徐地拉開布簾。

十香、琴里、四糸乃、八舞姊妹和美九的視線全都集中到七罪身上。

「唔……」

七罪像在壓抑著從喉嚨深處湧出的嘔吐感，緊緊閉上雙眼、咬緊牙關。不久後，十香等人宛若嘲笑的笑聲……

「嗯！很好看嘛！」

「唔——個人覺得她適合更時尚一點的服裝，妳們認為呢？」

「啊……像是這種的嗎？」

「咦咦～～再大膽一點啦～～這種的如何？」

——並沒有傳進七罪耳裡。

「……咦？」

聽見震動鼓膜的出乎意料的聲音，七罪睜開雙眼。眼前出現的，是六人與一隻以歡欣愉悅或認真的神情面對自己的身影。

「那個……」

出人意表的反應令她感到困惑。琴里遞給她一件質地看來很好的女用襯衫和單色調的裙子。

「來，七罪，這次換試穿這些衣服。我覺得這些比較適合妳。」

「咦？呃……」

「好了，快去換。」

——之後約三小時左右的時間，七罪依照指示換過一套又一套的衣服。

正確說來，不只衣服，還硬是要求她試穿鞋子；試戴帽子、各式各樣的首飾、手錶和眼鏡（當然是裝飾用的）等配件，在最後的階段甚至要求她擺姿勢。心情像是換裝洋娃娃，要不然就是線上遊戲裡的造型角色，已經完全搞不清楚狀況了。在選出所有人都認同的服裝時，七罪已經精疲力盡。

「——很好！這一套肯定無懈可擊了吧！」

「是的……很漂亮。」

「嗯、嗯，很不錯嘛～」

「嗯！我覺得很棒喲！」

十香露出爽朗的笑容，「嗯、嗯」地點著頭。接著，琴里望向七罪說：

「那麼，下一個終於是最後一個房間了。」

琴里說完，所有人都抽動了一下眉毛。她們非比尋常的態度令七罪的臉頰不禁冒出汗水。

「是……是什麼房間……？」

七罪露出不安的神情，八舞姊妹便看似愉悅地噗哧一笑。

「呵呵，去了就知道。來，往這邊。」

「同意。最強的刺客正在那裡等著妳。」

「最……最強……！」

聽見這令人不安的話語，七罪嚥了一口口水。老實說，不怎麼想往前進。

「好～～了，我們走吧～～」

「啊，等一下……」

不過美九卻推著她的背，半強迫地逼她打開下一道門。

被稱為最後的房間內部，是比剛剛的房間都還要狹小的空間。房間正中央擺放著一張椅子——一名少女背對著七罪站在旁邊。陌生的背影。她就是八舞姊妹所說的最強刺客嗎？

七罪再次吞嚥口水濕潤因緊張而乾渴的喉嚨後，少女便緩緩轉過身。

那是一名以四葉幸運草形狀的髮飾裝飾披散在背後的長髮、五官有些中性的高眺少女。

但是不知為何，她看來總有種自暴自棄、自我放逐，非常委屈的感覺。仔細一瞧，眼角還泛著淚。

「——歡迎妳來！這裡是七罪變身計畫的最後一個房間！」

「妳……妳要幹嘛……」

七罪如此詢問後，少女便小聲地嘟噥：「……好，事到如今只好豁出去了！」接著冷不防地揚起嘴角，雙手迅速交叉在胸前。

仔細一看，少女的指縫間夾著脣蜜、眼線筆、遮瑕膏等化妝品。

「那……那是——！」

「沒錯。我要用我的化妝技巧讓妳變身！」

少女氣勢洶洶地用脣蜜指向七罪。那股迫力令七罪不由自主地往後退了一步。

然後，立刻猛力甩了甩頭。

「妳……妳在說什麼呀！那種東西怎麼可能改變我……」

「可以！」

「妳……妳不要隨便亂說！像我這種人……！」

「妳真的那麼想嗎？認為人不可能因為化個妝就改變。」

「廢……廢話！」

七罪說完，少女便將夾在指縫間的化妝品收進佩戴在腰間的化妝包裡，然後手順勢移到自己的脖子。

「就算人家……不對——」
接著少女用力將貼在她脖子上類似小型ＯＫ繃的東西撕了下來。
「就算我是男的也這麼認為嗎！」
「什麼……！」
聽見少女口中突然冒出的男聲，七罪抖了一下肩膀。
「咦……？這是怎麼回事……」
七罪感到十分困惑，但片刻之後便馬上察覺到一件事。
沒錯。七罪曾經聽過那個聲音。
「難……難不成……妳是士道……！」
「對，沒錯！」
少女（？）使勁地點了點頭。
仔細一瞧，她的容貌確實有五河士道的影子。體認到這一點的瞬間，七罪不禁大聲驚呼：
「變……變態……！」
「……」
「啊，他受傷了、他受傷了。」
「不過，也無法否認嘛～」

背後傳來琴里和美九的聲音。看來她們早就知道一切事情了。

「總……總之！」

頹喪得差點癱倒在地的士道重新打起精神，再次望向七罪。

「出乎意料的，我的化妝技巧已經神乎其技到能讓別人將男人誤認為女人！現在的我，能讓妳重拾自信！」

「話不能這樣說喔，化妝技巧是有進步沒錯，但某種程度也是因為本人有潛質吧。」

「說得沒錯～我一開始還真的以為他是女孩子呢～」

琴里和美九又開始竊竊私語。士道露出銳利的視線瞪視兩人。

「局外人給我安靜一點！總之，一決勝負吧，七罪！我要使出渾身解數！讓妳『變身』！」

「……！」

七罪表情僵硬——但緊咬牙根。

「……好啊，就讓你幫我化妝吧。不過你可別忘了，要是我不滿意，這場勝負就是你輸！」

「嗯，我知道——那麼開始吧。」

士道向七罪行了一個禮，然後催促她上座。那副模樣宛如伺候公主的隨從一般。

七罪聽從他的指示坐上椅子，於是得以近距離觀察他的臉。雖然還留有士道的特徵，但確實藉由化妝變成一個可愛的女孩子。只能以高竿二字形容。

——說不定，我也能……

「……不……不可能、不可能……」

像是要甩開突然掠過腦海的想像，七罪搖了搖頭。不管士道的技術再怎麼優秀，反正還不是徒勞無功。既然如此，不如一開始就不要期待，曖昧不明的希望只會帶來更深的絕望。

「沒問題的。」

士道彷彿察覺到七罪的心思，將嘴角彎成新月的形狀。

「……！」

七罪瞬間滿臉通紅，低下頭。

「……那個，我可以說一件事嗎？」

「可以啊，什麼事？說出來吧。」

「……你用那張臉發出男生的聲音，很噁心耶。」

「……」

士道露出有些哀傷的表情，將剛才撕下來像ＯＫ繃的東西重新貼上喉嚨。

「那……那我們開始囉！首先，先從化妝的基本步驟——洗臉開始。要是懶惰省去這個步驟，妝會不服貼喲！」

嗓音變得有些高亢的士道重振精神般如此說道。

七罪依照士道的指示仔細地洗完臉後，在手上倒出適量的化妝水，然後輕拍整張臉，讓臉部吸收。

「——好，接下來就交給我。」

士道如此說完，立刻在七罪的臉上塗上隔離霜，用粉撲輕輕上一層粉底。

「我先聲明喔，七罪。」

在上妝的過程中，士道對七罪如此說道：

「我可沒有打算把妳的臉化成判若兩人的模樣喔。我只是在後面推妳一把，只是幫助妳得以脫離根深蒂固的『自卑』想法罷了。」

「……哼……哼，說得真好聽。」

即使七罪一臉不悅地如此說了，士道也只是靜靜地微笑。

然後在她臉頰打上腮紅，化上眼妝——最後，在嘴唇塗上唇蜜。

「——好，完成了。」

士道輕輕吐了一口氣，將化妝品收回化妝包，原地站起身來。

「這……這樣就完成了？化得還真快呢。」

「我說過了吧。要是把妳化成認不出自己原本的樣子就沒意義了。不過——這樣就足夠了喔，妳看。」

「幹……幹嘛啦。」

七罪一轉過身，便看見十香等人聚在一起排成一列，然後中央有一塊被大布蓋住、類似板子的東西。

七罪馬上意會過來。那是一面巨大的全身鏡。他們想讓七罪用那面鏡子看看自己的模樣吧。

——此時，七罪察覺到站在全身鏡旁的少女們臉上的表情。所有人全都十分訝異似的瞪大了雙眼。

「怎……怎樣啦，到底是怎麼回事呀……」

七罪一臉動搖地說完，十香便誇張地點了點頭，握住蓋在全身鏡上的布塊一角。

「嗯！妳自己看看吧。」

接著一口氣掀開布。巨大的全身鏡呈現在眼前。

「咦——」

看見映照在鏡子裡的少女身影——

七罪一瞬間無法言語。

原本俗氣的一頭亂髮雖保留自然的捲度，卻整齊地綁起來，在燈光的照射下閃閃發光。原本蒼白的肌膚宛如眼花看錯般彈潤有光澤，與可愛的服裝相輔相成，姿態宛如高雅的千金小姐。

不過，讓七罪感到最訝異的是她的容貌。

劉海被梳開、露出額頭的臉孔，確實是七罪。若要說有什麼不同，就是擦在臉頰上的些許朱紅、輪廓略微變立體的眼睛，以及點綴淡淡櫻花色的嘴脣，每一部分都僅有些微的差別。

然而，那一處處些許的不同卻讓整體容貌一口氣添增了可愛的印象。七罪一瞬間懷疑這並非鏡子，而是投影他人影像的螢幕之類的東西。

「這……這是……我……？」

「對，就是七罪妳本人沒錯。」

七罪彷彿看著什麼令人不可置信的東西般，不停撫摸自己的臉頰，怔怔地低喃後，士道便輕輕將手放在她的肩上。

隨後，排成一列的少女們也一齊發出讚嘆聲：

「嗯！很漂亮喔！」

「哎呀，很不賴嘛。感想如何呀？」

「哇啊……吶，七罪，下次要不要來我家玩～～？」

雖然感覺其中有一名眼神散發出來的光芒跟其他人不同，但呆站在原地的七罪無法注意得這麼仔細。

「——怎麼樣啊，七罪？誰勝誰負呢？」

士道說完，透過鏡子注視七罪的眼睛。

「……！」

七罪不由得屏住了呼吸。她剛才有一瞬間認為這鏡中的少女——

——很可愛。

「啊……啊……」

七罪的眼珠子骨碌碌地游移，雙腳不斷顫抖。

明明應該要很開心、很高興才對。在數小時之前，她壓根沒有想到以往厭惡至極的自己的容貌，竟會變成如此可愛。

不過，由於在短時間內發生太多出乎意料的事，她的大腦無法徹底處理目前的狀況。

——什麼？現在發生了什麼事？這是誰？我……我嗎？話說，這些人是怎樣？為什麼要為我做到這種地步？我明明對他們做了那麼過分的事。神經有問題嗎？勝負？勝負是怎麼回事？如果可愛，就是我輸了。那我輸定了嘛。而且是輸慘了。因為這個人……超可愛的嘛。咦？可是，這個人……咦……？

「喂……喂，七罪……？」

「唔……啊……啊……啊啊啊啊啊啊啊啊啊啊——！」

總覺得什麼都搞不懂了啦。七罪胡亂搔了搔頭，發出吼叫聲，朝來時路奔跑而去。

◇

結果，七罪在那之後不慎在「Salon de Miku」的地板上滑了一大跤，頭就這麼重重地撞上牆壁，昏倒了。看來她當時十分六神無主。好不容易整理好的頭髮變得亂七八糟，衣服的縫線也迸了開來。

現在已經幫昏厥過去的七罪換回病服，讓她躺回原本的隔離區休息。她似乎正作著惡夢，偶爾會在床上痛苦得打滾，發出難過的呻吟聲。

「唔……」

琴里在房間外部看著螢幕，將手抵在下巴。看見她面有難色，士道搔了搔臉頰。

「果然還是太勉強她了嗎？沒想到她會厭惡成這樣……」

「……不，似乎也不是這麼回事喔。」

「咦？」

士道歪了歪頭，坐在琴里隔壁的令音便展示出她手邊的螢幕。螢幕上顯示了七罪的臉龐，以及各式各樣的數值。

「……精神狀態、心情、好感度……每一項都脫離了最壞的狀況。當然，還遠不及能夠封印力量的程度。」

「是……是這樣嗎？」

「……是啊。她應該絕對不討厭改造過後的自己，不過似乎非常不知所措和動搖就是了。」

「啊……」

聽見令音說的話，士道恍然大悟地點點頭。的確，他也認為七罪當時慌張的模樣非比尋常。

「……應該是不習慣在沒有變身的狀態下被人稱讚吧。她一心認為自己其貌不揚，不變身的話根本不會有人搭理她。即使內心深處渴望別人認同『自己』，卻還是無法對自己抱持自信心的樣子。」

令音豎起一根手指，繼續說道：

「……根據問診和分析的結果，發現七罪靜穆現界到這個世界的次數似乎遠高出其他精靈，想必是個好奇心十分旺盛的精靈吧？也很精通這世界的知識。雖然不太讚賞這種手段，但她似乎也能利用〈贗造魔女〉偽造鈔票，不愁購物。」

「原來如此……不過既然如此，她為什麼對自己那麼沒有自信呢？」

「……我想，正是因為如此吧。」

令音面有難色地低吟。聽見令音這番話，士道想起七罪曾說過的話。

「對了，她曾經說過以她本來的面貌出現在這個世界，結果沒有任何人搭理她……」

「……恐怕是累積了太多這種經驗，才導致她的價值觀扭曲吧。再加上她又能自由自在地改變自己的形體，所以就愈來愈否定原來的自己了……重點不是美醜的問題，而是在於她是否能夠認為自己已經得到別人的認同。」

「不好辦呢。」

琴里聳了聳肩，嘆了一口氣。

「不過，如果她確實有想要得到別人的認同，倒是有方法攻陷喔。總之，只要讓她對自己有自信就行了吧？如此一來，她應該也能坦率地接受我們說的話，態度也會稍微軟化才是。」

「如果能那麼順利就好了。」

「悲觀也成不了什麼大事。總之，只能放手一搏了。明天就開始幫七罪復健吧。」

「復健啊……具體來說，到底要怎麼做？」

士道這麼問了，琴里便沉思般發出「唔嗯」的低吟聲。

「這個嘛……總之，只要讓她相信『自己很可愛』就行了，讓其他人直接稱讚她是最好的方法吧？」

「呃，可是我們再怎麼稱讚她可愛，她也……」

「所以我才說其他人呀。因為士道和精靈們是幫助她『變身』的人，她才無法信服吧。就算我們認為自己的評論很公道，但只要她認為我們的話有所偏頗就沒有意義了。雖然可以叫〈拉塔托斯克〉的人出馬，但如果可以，我希望是跟我們計畫完全無關的人來進行。士道，你心裡有什麼人選嗎？」

「咦？我想想看喔……」

士道搔了搔臉頰，腦海裡旋即浮現一名朋友的面孔，於是發出「啊」的一聲驚叫。

「哇～～聽說你要介紹女孩子給我認識？果然人就是要有朋友啊！」

隔天，殿町似乎將前幾天發生的騷動忘得一乾二淨，滿心歡喜地拍了拍士道的背。

沒錯。士道找來擔任七罪復健任務的，便是同班同學殿町宏人。他是士道所有朋友當中最會炒熱氣氛，嘴巴也最甜的人。再加上他同時也是之前事件的受害者，七罪對他的臉應該不陌生，因此士道認為多少能減輕兩人初次見面的緊張感。

「也不是要介紹給你啦……總之，她是個有點內向的女孩。你可以跟她稍微聊聊天嗎？」

「ＯＫ！ＯＫ！交給我吧，My best friend。我會邀請你來參加我們的結婚典禮。」

「……哈哈。」

殿町用力拍了拍胸脯，並且點頭答應。總覺得在還沒見面之前，他就已經妄想過頭了……是

不是選錯人了呢？

「話說回來，五河，這裡是哪裡啊？還刻意矇住我的眼睛、讓我坐計程車。老實說，我還擔心不曉得會被帶到哪裡，緊張得小鹿亂撞咧……」

士道和殿町的所在地是類似時尚飯店休息室的空間。當然，由於無法讓七罪出現在地面上，因此改造了地下設施的某個角落。這裡也能看見客人和員工的身影，不過所有人都是〈拉塔托斯克〉的機構人員。

「哎……別在意嘛。也會送你回去的啦。」

士道的臉頰冒出汗水說完，殿町隨即露出銳利的目光。

「五河……那個女生該不會是……」

「咦？」

看見殿町那宛如看穿一切的眼神，士道不禁抖了一下肩膀。

殿町應該不曉得精靈的事才對，但他果然察覺到不對勁了嗎？在和七罪見面之前，讓他抱有先入為主的觀念不太妙。士道思索著該如何蒙混過去，然而——

「她該不會是超級有錢的千金大小姐吧！」

「咦……？」

聽見殿町一臉興奮地如此說道，士道回以錯愕的聲音。

「因為體弱多病而無法經常外出的大家閨秀……最大的樂趣是看著朋友（五河）帶來的學校照片……某一天，她看見照片上的一名男子……啊啊，好想見見這位男士呀……！於是，那個女孩便鼓起勇氣，拜託朋友帶那名男子過來……！類似這種感覺嗎！」

「是……是啊，算是這樣吧……」

士道隨口附和後，殿町便發出「咕──」的聲音，感動至極似的扭過身。

「我的黃金時期來啦！謝謝你，五河！就算我發達了，我們也還是朋友喔……！」

「喔……喔……」

殿町緊緊握住士道的手。總覺得良心十分不安。

不過，殿町絲毫沒發現士道的心情，東張西望環顧四周。

「所以呢？我親愛的小甜心在哪裡？」

「喔喔……在那裡。」

士道說完，指向靠近內部的位子。穿著可愛的服裝、化著美麗的妝──表情十分不悅的七罪就坐在那裡。

「……」

七罪板著一張臉坐在椅子上。

早上一覺醒來後，琴里便突然走了進來，沒有任何解釋便把她帶來這種地方。

這裡究竟是哪裡？由於不習慣在未以〈贗造魔女〉變身的狀態下出現在人前，她的心情十分惡劣。每當周圍的客人談笑風生時，她便懷疑對方是不是在嘲笑自己而感到非常不安。

就在這個時候——

「妳好！」

一道精力充沛的聲音從前方傳來，七罪的身體抖了一下。

往聲音來源看去，發現有一名少年站在那裡。似曾相識的臉龐。沒錯，是士道的同班同學，記得名字叫作——

「……殿……殿町宏人……他怎麼會在這種地方？」

七罪避免與他眼神相對，納悶地如此說完，殿町便一臉訝異地瞪大雙眼。

「哦！妳知道我的名字啊！十香和耶俱矢老是記不住我的名字呢……！」

殿町感動得啜泣。總覺得有點噁心，七罪將椅子稍微往後挪了挪。

然而，殿町絲毫沒有察覺七罪的舉動，情緒依然十分高漲，一屁股坐到七罪對面的座位。

「初次見面！妳叫什麼名字？」

「……七……七罪。」

「七罪啊！妳的名字真好聽呢！」

「……！」

七罪對說話態度親暱的殿町投以猜疑的視線。

這個男人沒頭沒腦地冒出來，隨後又說一些莫名其妙的話。莫非是士道和琴里拜託他來稱讚自己……？

沒錯，肯定是這樣。如果不是這樣，他怎麼可能一開口就稱讚自己。

「哎呀，沒想到竟然是這麼可愛的女孩子呢。還真的有點感謝五河呢！」

在七罪思考那種事的期間，殿町仍然滿心雀躍地說著。七罪從鼻間哼了一聲。

「……多少錢啊？」

「咦？」

「他們到底付了多少錢拜託你？你一定拿了不少錢吧。」

「……？妳在說什麼啊？」

殿町歪著頭。從他的表情看不出被人戳破計謀的模樣。

「……」

七罪緊蹙眉頭。這到底是怎麼回事？通常人類被說中心事時，大多會反應在身體上才是。而且善於觀察的七罪，沒道理察覺不出來。

也就是說……這個男人該不會是真心覺得七罪很可愛吧？

「……！」

意識到這一點之後，七罪感覺到自己的心跳突然開始加速。不，怎麼可能。肯定是演技。可是，現在的七罪已經不同以往，是經過士道等人改造過後的七罪。說不定——

當七罪眼神游移不定時，殿町將手抵在額頭上繼續說道：

「哎呀，真是嚇了我一大跳呢。妳真的長得很可愛耶。害我不禁頭暈目眩呢！」

「……！」

七罪聽了殿町說的話，驚覺般繃緊了臉。

不禁頭暈目眩。

↓

頭昏眼花……意思：一陣天旋地轉，差點昏倒。

↓

一看到妳就一陣天旋地轉，差點昏倒。

↓

光看就覺得噁心啊，醜女。

「果然被我猜中了——！」

七罪大吼，並一把將桌子給掀了。

「嗚……哇！妳……妳怎麼了啊，七罪！」

「我還能怎樣啊！竟敢耍我、竟敢耍我！你以為我願意變成這副德性啊！」

七罪咆哮著開始大鬧，飯店人員便從周圍衝了上來，壓抑住七罪。

「請……請冷靜一點，這位客人……！」

「總……總之，先撤退！直接把她帶出去！」

「了……了解……！」

「你們幹嘛啊，混帳！放開我——！」

七罪就這麼被拖進休息室的深處。

◇

「……失敗了呢。」

「……失敗了呢。」

好不容易讓七罪冷靜下來後，士道和琴里同時嘆了一口氣。

順帶一提，已經將殿町送回地面上。在七罪突然無理取鬧後，殿町始終一副內心動搖的模樣，卻說出「她果然病得不輕呢……不過，我會一直支持她的……！」這種不知是失禮還是有男子氣概的話。

「她比我們想像的還要消極呢……沒有事先得到說明的外部人員果然還是有限度嗎？」

「那麼，該怎麼辦才好？」

「我已經事先想好下一招了——神無月。」

「是！」

琴里彈了一個響指，不知究竟在何處待命的高挑男子肅然現身。他是琴里的副官，同時也是〈佛拉克西納斯〉的副艦長，神無月恭平。

士道看見理應見過無數次面的神無月，不禁皺起眉頭。不過，那也是理所當然的吧。因為他現在戴著一副咖啡色的太陽眼鏡，將沒有穿著而是披在肩上的針織衫衣袖於胸前打了一個結，打扮得像是一個老套的可疑製作人。

「神無月先生……？你怎麼打扮成這樣？」

「呵呵——我有一個祕計。就讓我來告訴消極的小貓咪，自己的魅力何在吧。」

士道說完，神無月便自信滿滿地豎起大拇指。

「……這次又搞什麼啊？」

殿町事件後約過了三個小時。恢復平常心的七罪這次被扔到類似咖啡廳的場所。說什麼之後要帶我去一個地方，要我在這裡等一下……到底要帶我去哪裡啊？七罪避開周圍人們的視線，微微低著頭如此思索。

就在這時——

「喔喔？喔喔喔喔喔？」

才剛聽到這樣的聲音，一名戴著太陽眼鏡、披著針織衫，打扮可疑的高眺男子便探過頭來接近七罪。

「……幹……幹嘛啊……」

七罪一臉警戒地說道，男子便反應誇張地拍了一下自己的額頭。

「哎呀，真是失禮了！我是幹這種行業的。」

男人從懷裡拿出名片，遞給七罪。七罪戰戰兢兢地接下後，視線落在名片上。

「……拉塔托斯克製作公司，協理，神無月恭平。」

「沒錯！是經營模特兒、藝人，以及製作電影、電視節目的公司！」

叫神無月的人誇張地行了一個禮，以興奮的語氣繼續說道：

「雖然很冒昧，不過小姐！妳有沒有興趣當模特兒呢！」

「咦……？」

聽見對方天外飛來一筆的話語，七罪瞪大了雙眼。

「模……模特兒……是指……那個……登在雜誌之類的……？」

「沒錯！就是那個模特兒！」

神無月使勁地點了點頭。然而，七罪卻冷冷地吐了一口氣。

竟然找自己當模特兒。七罪想起在這個世界看到的雜誌和電視。倘若七罪記得沒錯，模特兒是指身材高眺、體態優美的女性。要是利用〈贗造魔女〉變身過後的七罪倒還可以，但很明顯地不是現下狀態的七罪能夠擔任的工作。這個男人一定是那種人吧？用甜言蜜語欺騙女孩子，假藉訓練費用的名目騙取鉅款的缺德業者。

「……抱歉，我討厭玩笑話。模特兒是身高更高、身材更好的人當的吧。像我這種人——」

七罪語帶自嘲地說完，神無月便猛力搖了搖頭。

「這怎麼會是玩笑話呢？身材好？哈！只有胸部大到底有什麼意義？意義何在？完全沒意義！真正的美，是宛如春天即將來臨的含苞花朵般未成熟的軀體！太美妙了！現在的妳實在太美妙了！妳才是真正的好身材！永遠保持下去！」

「……！」

面對喘息聲劇烈、迎面逼近而來的神無月，七罪不由自主地往後退。他也跟剛才的殿町一樣，看起來不像在說謊。

雖然有點噁心，但他或許是真心那麼認為也說不定。這個世界上，也有喜歡七罪這種類型的人存在嗎……？不過再怎麼樣，會稱讚現在的七罪身材好就代表……

「啊……！」

七罪赫然瞪大雙眼。

七罪身材好。

↓

七罪的身體很好。

↓

雖然外表令人遺憾，但機能看起來沒問題。

↓

妳的器官似乎可賣出好價錢。

「殺……殺人魔……！」

七罪揚起略帶慘叫的聲音，從椅子上站了起來。

「哎呀，妳怎麼了？」

「不……不要靠近我！我不會上當的！不會上當的！」

「我沒有騙妳啦！好了，在這種地方談也不方便，如果可以，請到事務所——」

神無月說著抓起七罪的手臂。

「呀啊——！」

七罪揚起高亢的聲音，甩了神無月一巴掌，就這麼逃進店鋪深處。

◇

「……又失敗了呢。」

「……又失敗了呢。」

看見事情的來龍去脈，士道和琴里再次嘆了一口氣。

「呀哈哈，真是丟臉啊。」

看不太出來抱有歉意的樣子，神無月如此笑道。臉頰留有清楚的楓葉形狀痕跡，太陽眼鏡一

邊的鏡片碎裂。

「雖然原因之一是神無月太噁心了，不過看來七罪的負面思考比想像中還要嚴重呢。我看，或許稍微降低一下等級比較好。」

「降低等級……意思是？」

「這個嘛……先不要稱讚她，而是從讓她理解就算跟人正常對話也不會被嘲笑這件事開始著手吧。」

「唔……具體而言該怎麼做？」

「讓她試著去速食店點餐如何？」

「……這等級也降得太低了吧。」

士道苦笑著搔了搔臉頰。不過從以往的反應看來，這樣的做法或許真的比較適合七罪吧。讓她從這件事慢慢習慣，比較穩紮穩打吧。

「好，那麼朝下一個裝置布景移動。我會去房間把七罪帶過去，你先去準備吧。」

琴里如此說完，豎起口中含著的加倍佳糖果棒。

「……然後，這次又要幹什麼？」

七罪垮著一張臉，瞪視坐在對方的士道和琴里。

七罪被帶到的地方是看似漢堡店的店家，四周可見放學的學生和父母親帶著小孩的客人，十分熱鬧。

「沒有啊，只是肚子有點餓了。」

「嗯，對啊對啊。只是肚子餓了。」

琴里若無其事，而士道則是裝模作樣地說道。七罪一臉懷疑地盯著兩人的臉。

「所以，不好意思，我給妳錢，妳可以幫我們點餐嗎？點什麼都行。」

「什……什麼！為什麼要我去……」

「別囉嗦了啦。錢給妳，別弄丟囉。」

「等……等一下……！」

七罪的手裡被半強迫地塞了紙鈔，身體被轉向點餐櫃臺的方向。

「……唔。」

雖然內心有許多不滿，但也無可奈何。七罪緩緩地走向櫃臺後，低著頭站在收銀機前。

「歡迎光臨！決定餐點了嗎？」

站在收銀機前留著長劉海的女性面帶微笑地對七罪說話。七罪一邊鎮定因緊張而劇烈跳動的心臟，一邊發出顫抖的聲音：

「……三……三個……漢堡……」

「好的！三個漢堡是嗎！」

「……對……對啊。」

「要不要來點薯條呢？」

「……！」

面對店員笑容可掬的詢問，七罪赫然瞪大雙眼。

要不要來點薯條呢？

↓

這種情況，薯條＝油炸馬鈴薯。

↓

炭水化合物與油的組合，非常容易變胖。

↓

多增加點贅肉，妳那乾癟的身材也能好看一點吧？

「可、惡、透、頂啊啊啊啊啊啊啊啊啊啊！」

「咦咦！」

七罪以螺旋拳重擊收銀機，店員抖了一下。

「那種事不用妳說，我也知道啦啊啊啊啊啊！我也不是自願變成這種身材的啊啊啊啊！」

「等……這……這位客人！」

「七……七罪！」

「士道！壓制她！」

士道和琴里的聲音從背後傳來。七罪立刻被制伏，然後帶回原來的房間。

第九章　肯定是謊言

I'd like to believe

『——〈Humpty Dumpty〉對接成功。』

『系統無誤。軌道調整也沒問題。』

『距今約五小時後，將抵達目標地點上空。』

『ＤＳＳ-００９、空中艦艇〈赫普塔梅隆（Heptameron）〉抵達指定位置。』

設置在DEM Industry英國總公司會議室的擴音器接二連三傳來報告。梅鐸逐一瀏覽眼前液晶螢幕上形形色色的資料，誇張地點了點頭。

「——威斯考特ＭＤ現在在哪裡？」

『待在住宿的飯店裡，沒有離開。若是發布空間震警報，他應該會到飯店內的避難所或附近的ＤＥＭ相關設施避難。』

「耐久度呢？」

『只要〈Humpty Dumpty〉衝撞位置的誤差控制在十公里以內就沒有問題。』

「『Second Egg』呢？」

『已配備完畢。只要一聲號令，隨時可以發射。』

「很好。」

「……『Second Egg』？」

聽見梅鐸說的話，辛普森一臉疑惑地望向他。梅鐸揚起嘴角，回望他的視線。

「為了慎重起見施加的保險。不需要太過介意。」

「……」

辛普森望著梅鐸，沉默了半晌，不久便將視線轉回手邊的液晶螢幕上。

那副模樣看似不滿──也看似對梅鐸感到懼怕。

──是個好徵兆。梅鐸心滿意足地彎起嘴角，逐一掃視並坐在會議室中的諸位董事會成員。

「計畫進行得非常順利。今天傍晚，應該就能收到威斯考特MD的死訊。公司舉辦的葬禮似乎會十分盛大呢。我奉勸各位最好趁現在準備好哀悼的台詞吧。」

聽見這番話，董事們剎時間面面相覷，露出尷尬的笑容。

已經到了執行計畫當天，他們似乎仍害怕與威斯考特MD為敵。恐怕也有人正在背地裡籌劃萬一作戰失敗時，要把全部責任硬推到梅鐸身上吧。

梅鐸以誰也聽不見的聲量哼了一聲。就算這樣也無所謂。區區一個小小自保措施就能換來懦夫們贊同這項作戰，也算是利大於弊。反正若是這項作戰失敗，身為主謀的梅鐸肯定小命不保。

無論如何，下場都相同。

原本梅鐸並不想冒著洩露情報的風險，拉攏反威斯考特派的全體董事參與作戰。不過，考慮到執行作戰需要的人員、確保空中艦艇、隱瞞所有與作戰有關的情報這些因素，單憑梅鐸一個人的權限實在處理不來。不——正確來說，單憑個人意見就能執行這種規模的作戰，在ＤＥＭ公司就只有威斯考特一人了吧。

話雖如此，擁有眾多遲鈍的成員也不算沒有好處。

理由很單純——就是現場的成員都很清楚威斯考特消失的理由及原因。

只要威斯考特的死訊一傳來，便能馬上召開臨時董事會，決定新的最高權力者吧。

到時候——現場的這些人員會最先想到誰呢？

當然，暗殺前任ＭＤ是莫大的醜聞。要是單方面被掌握住情報，下次便不得不消滅知道那些情報的人。不過，現在坐在這裡的董事們，換句話說都是共犯，再加上全是些懦夫，即使梅鐸提名自己當下一任的ＭＤ，也沒有人會反對吧。

為此，梅鐸必須在這段期間逐一飾演將這種戰略付諸實行的瘋狂男子，好讓這些人在威斯考特消失時，將對他的恐懼直接轉移到自己身上。

「……不，有點不對呢。」

梅鐸不斷開合已經拆除繃帶的右手，並且輕聲低喃。

他自認在飾演一個瘋狂的男人。終究只是一種掌握人心的手段。

不過——自從被艾蓮·梅瑟斯砍斷一隻手臂的那瞬間起，他便緩慢但確實地……

感受到自己真正陷入瘋狂。

梅鐸露出賊笑，看著液晶螢幕上顯示的〈Humpty Dumpty〉傳來的影像，口中哼唱著童謠。

「……Humpty Dumpty sat on a wall. Humpty Dumpty had a great fall.……♪」

◇

七罪雙手抱膝蹲坐在床上，並且用棉被將自己的頭部及整個身體包得密不透風，以細小的聲音嘟噥：

「……是怎樣啦……是怎樣啦……是怎樣啦……！」

感覺一股莫名的感情洪流從腦袋裡滿溢而出，吐露成語言。頭腦不停運轉，混亂無比的思緒促使七罪保持同樣的姿勢低吟：

「那些傢伙……到底是怎樣啊……」

七罪腦海裡浮現少年少女的模樣，搔了搔頭。

為什麼他們如此照顧七罪？對她如此溫柔呢？

若是使用〈贗造魔女〉變身成美麗大姊姊的七罪，倒還可以理解他們的行為。因為變身過後的七罪是任誰都會佇足欣賞的美女。男人將戀慕和情慾；女人則是將羨慕和嫉妒隱藏在心中，對七罪表達各式各樣的美言麗句。

不過——他們卻不同。

稱讚七罪——沒有使用〈贗造魔女〉變身，保持原本面貌的七罪可愛。

七罪理當十二萬分盼望聽到那句話。然而……由於第一次聽到別人稱讚自己，她無論如何也無法坦率地接受讚美。

「那種話……一定是謊話。哈、哈……沒……沒錯，所有人都在唬弄我。因為我——」

七罪一邊如此呢喃一邊舉起罩著的棉被，便看見安裝在牆壁上的鏡子映照出自己的身影。

——藉由他們的巧手，改造成可愛的那副模樣。

「……！」

七罪屏住呼吸，再次蓋回棉被，思緒更加混亂不堪。

——因為七罪應該很醜陋才對。應該難看得無藥可救、其貌不揚，根本不可愛。應該必須如此才行。「應該認定就是如此才是」。

「……奇怪……」

此時，七罪的腦海裡浮現一個疑問。

——認定就是如此……？

為什麼——會認定就是如此呢？

「……總……總之……無緣無故就對身為敵人的我做出那種事，實在是令人難以置信。絕對有什麼目的才對……」

七罪如此說道，將手舉到胸口，輕聲呢喃：

「……〈贗造魔女〉……！」

手邊發出淡淡的光芒，手掌心出現如同鏡子的東西。

「唔……」

傷口發疼……但仍在可容忍的範圍。七罪將鏡子朝向下方——床的方向，將床變成「能藏匿單人、開了個大洞的床」。

接著將一隻布娃娃拉進棉被裡，用〈贗造魔女〉將它的形體變得跟熟睡中的七罪一模一樣。七罪在棉被裡窸窣蠢動後，將假七罪留在床上，自己鑽進床的大洞中。接著再次閃耀〈贗造魔女〉，將床的表面封起，用〈贗造魔女〉讓床、地板、牆內變質，以挖洞的姿態通行。

「……好。」

然後過了幾分鐘，七罪來到杳無人跡的走廊，將牆壁修復成原來的形狀後環顧四周。

監禁七罪的房間裡有好幾台監視器，但應該能蒙混一段時間吧。話雖如此，要是供餐時間一到，對方發現自己沒有去取用，可能會進去查看。因此沒有太多時間拖拖拉拉。

為了盡早達到目的，七罪的腦海裡浮現在這裡看過的人們的臉孔。最不會引起懷疑的是——

「……那傢伙嗎？」

七罪輕輕點了點頭，將〈贗造魔女〉的鏡子面向自己。

鏡子閃耀光輝的同時，七罪的身體發出淡淡的光芒。然後她的輪廓慢慢扭曲——數秒後，七罪搖身一變，幻化成另一個人。

那是一名身材嬌小、穿著紅色軍服的少女。用黑色緞帶綁成雙馬尾的長髮以及看似好強的表情，令人印象深刻。

沒錯——她是五河士道的妹妹，五河琴里。

七罪判斷要走在這個設施觀察所有人的情況，她是最適當的人選。

不過，這名少女的髮型是雙馬尾。打遍天下無敵手的可愛髮型雙馬尾，對自己沒有十足的自信是沒辦法綁這種髮型的。七罪最討厭這種髮型，討厭到甚至曾經想過要不要乾脆變身成國家權力者，改正法律，將禁止綁雙馬尾列入憲法算了……不過，現在也無可奈何。雖然自己也是千百個不願意變身成這個綁雙馬尾的小滑頭，但此時還是以效率為優先。

「哎呀，差點忘了。」

七罪如此低喃，扯下一顆位置較不顯眼的釦子，用〈贗造魔女〉照射。

於是，釦子發出淡淡的光芒，變成附有小棒子的糖果。記得是琴里經常吃的那種。

「大概就是這樣吧。」

七罪以與數秒前截然不同的嗓音如此說道，接著彈了一個響指。瞬間，原本浮在手掌上的〈贗造魔女〉化成光之粒子，消融在空氣中。

「那麼……」

收起〈贗造魔女〉，徹底變身成五河琴里的七罪輕輕地深呼吸之後，漫步於通道上。

為了避免在路上巧遇別人時被懷疑，七罪只轉動眼珠子觀察四周的情況。在長長的寬闊走廊上，偶爾可看見安裝電子鎖的門扉。雖然還不清楚這棟建築物的全貌，但輕易便能判斷這是一處非常大的設施。

「……這裡到底是什麼地方啊……」

七罪以誰也聽不見的聲音如此嘟噥。只確定這是跟士道、琴里及十香等人有某種關聯的設施，其餘則一無所知。再說，那種少年少女們根本不可能自由使用這種建築物，他們肯定隸屬於某種組織——要不然就是背後有巨大的支援者撐腰。

一想到這裡，七罪感到背脊一陣發涼。

莫非他們打算捕捉身為精靈的七罪，拿來做動物實驗嗎？看著會讓人聯想到醫院等地的研究設施的走廊景象，七罪思索著這樣的事。

當七罪邊走邊想這類事情的時候，後方突然傳來一道聲音。

「咦？司令？」

「……！」

七罪稍微抖了一下肩膀回過頭，發現那裡站著一名穿著與琴里顏色不同的軍服、留著長劉海的女人。看見七罪的身影，她一臉疑惑地歪著頭。仔細一瞧，那女人便是昨天士道與琴里帶她去的那間漢堡店的店員。

「您怎麼會在這種地方呢？剛才不是才說過要回〈佛拉克西納斯〉嗎？」

「……是啊，我想看過七罪的情況之後再去。」

七罪盡可能佯裝鎮定地回話。於是女人不疑有他，點了點頭。

「啊，原來是這樣呀……不過，還真是棘手呢。這樣下去也無法如願封印呢……」

「封印？那是哪門子的事呀？」

七罪不解地歪了歪頭，女人便一副難以理解地瞪大了雙眼。

「當然是指靈力的封印啊。讓士道親吻她，封印她的精靈能力。我們的組織不是為此才成立的嗎？」

「……！」

七罪抽動了一下眉毛，裝作若無其事的樣子隱藏自己內心的動搖。

「啊啊……對喔。抱歉啊，我可能有點累了。」

「啊哈哈……這也難怪。那麼，我工作結束了也會回去，待會兒見。」

女人如此說完，微微行了一個禮。七罪內心鬆了一口氣，並且如此回應：

「好的——對了，我可以問妳一件事嗎？」

「是的，請問。」

女人如此回答。七罪自然地發出聲音：

「妳有看見……十香他們嗎？我有事情找他們。」

「十香嗎……？我想想，我記得她好像在那邊的休息區。」

「這樣啊，謝謝。待會兒見。」

「啊——是的。那麼待會兒見。」

女人不覺七罪有異，便直接離開。

七罪目送她的背影，接著轉向女人指定的方向再次邁開步伐——以不讓人感到突兀的速度快步行走。

從那個女人身上同時得到收穫與損失。收穫是——十香等人的所在地，以及琴里目前不在這個設施裡這兩樣情報。如此一來，不管七罪再怎麼四處遊走，也保證不會遇見本人。

而最大的收穫，便是得知士道等人的目的。原來如此，還以為他們有什麼企圖，沒想到竟是想封印自己的力量。

「我就覺得奇怪。那群偽善者……！」

不過與此同時，也讓別人發現這個設施裡有人喬裝成琴里的模樣。當那個人結束工作，回到什麼〈佛拉克西納斯〉後，可能會對琴里本尊感到疑惑。不能再悠悠哉哉的了。

沿著道路走了一陣子後，便看見道路的前端有一處略微開闊的空間，擺放了幾台自動販賣機和幾張長椅——十香和四糸乃正坐在那裡。

七罪頓時瞇起眼睛，接著走向她們。

「——嗨，十香、四糸乃。」

「唔？」

「啊……妳好。」

「喔喔！這不是琴里嗎！」

十香、四糸乃以及四糸乃左手的「四糸奈」依序回頭，發出聲音。七罪面帶微笑朝她們揮揮手，接著佇足在兩人坐的長椅前。

「喔喔，琴里！這裡好棒呀！竟然可以免費喝飲料啊！」

「琴里也要……喝東西嗎？」

「妳要喝什麼呢？四糸奈用夢幻的左手幫妳按！」

接著「四糸奈」開始「咻！咻！」地打起拳擊來。

七罪苦笑著搖搖頭，輕輕環抱雙臂，開啟雙脣。

然後——發問。問她現在最想知道的事情。

「現在還不用。重要的是，妳們覺得如何——我是說七罪的事情。」

沒錯。在她們的心裡肯定也很瞧不起七罪。或許為了封印力量，她們不得不討七罪的歡心，但若是七罪不在現場，她們一定會脫口說出充滿惡意的真心話。

「什麼……如何？」

十香歪了歪頭。真是個愛賣關子的女人。還是說，她不想第一個說別人壞話？既然如此——

七罪哼了一聲，垂下視線，不屑地繼續說道：

「妳們不覺得那個叫七罪的傢伙很噁心嗎？我們才稍微捧她一下，她就得意忘形了起來。明明就是個醜女，真是不像樣。」

七罪聳了聳肩如此說道。

——我已經起了個頭。好了，吐露妳們的真心話吧。七罪微微睜開眼睛，窺探十香她們的樣子。她們得到「不是自己先開始說七罪的壞話」這個免死金牌，一定露出了一臉嫌惡的表情。

然而——

「唔？」

「咦……？」

「嗯嗯？」

出現在眼前的卻是兩人和一隻目瞪口呆、面面相覷的模樣。

「咦……？」

這出乎意料的反應令七罪瞪大了雙眼。於是，十香緊皺眉頭說道：

「琴里……妳到底怎麼了啊？竟然會說出這種話，真不像妳吶。」

「那……那個……我並不覺得……七罪很噁心。」

「就是說呀！琴里，妳是怎麼回事呀？是司令官的業務太繁重，累昏頭了嗎？」

「什麼……」

七罪不由得倒退一步。

「妳……妳們大家是怎麼回事啊？用不著裝好人吧。反正大家都這麼想吧？必須對那種其貌不揚的女人拍馬屁，麻煩死了！對吧！」

「妳在說什麼啊？才沒那種事。幫她挑選衣服也很開心喲！」

十香以開朗的神情說完，四糸乃和「四糸奈」也隨即點點頭表示同意。

「是的……七罪，很漂亮……」

「哎呀～～士道的化妝技術真讚呢～～下次也請他幫四糸奈化好了。」

「四糸奈」說著扭腰擺臀並發出性感的聲音。看見她那副滑稽的模樣，十香和四糸乃都笑得樂不可支。

七罪因內心動搖而眼神游移，身體不住地顫抖。

「可……可是……怎麼會……那樣子的話……」

——這些少女是發自內心說出那種話。

七罪對這個事實感到衝擊，甚至動搖了她原本深信不移的理念。

七罪的腦海裡一瞬間浮現了各式各樣的可能性。她們是否只是看穿自己化身成琴里一事，而串通好說詞呢？或是重要的人被挾持為人質，強迫她們必須稱讚七罪？不對不對，還是說——

荒唐無稽的想法閃過腦海。不過，任何一種想法在十香等人展露出的笑容面前，都不具有說服力。

「騙……騙人。為什麼……」

七罪甚至忘記自己在扮演琴里，指尖顫抖著，接著看見三名少女從前方走來。是八舞姊妹和美九。

「呵呵，汝等為何聚集在此地？」

「要求。也讓夕弦我們加入吧。」

「呵呵，大家在這裡開茶會呢～」

「耶……耶俱矢、夕弦、美九……！」

七罪像抓住救命稻草般對新的來訪者吶喊。或許是被七罪突如其來的叫喊聲給嚇到，只見三人將眼睛瞪得老大，停下腳步。

「哼，琴里，汝是怎麼回事？看起來不尋常。莫非是開啟了被黑暗封印的地獄之門嗎？」

耶俱矢擺出帥氣的姿勢說出莫名其妙的話語。七罪暫且不予理會，佯裝平靜繼續說道：

「妳……妳們聽我說啦。十香她們有一點奇怪。」

「疑問。哪裡奇怪？」

夕弦一臉難以理解地問了。七罪皮笑肉不笑地繼續說：

「她們竟然說那個七罪很漂亮，照顧她一點都不麻煩耶。啊哈哈，笑掉我的大牙了。那隻恐龍，看一眼都令人反胃。」

七罪聳了聳肩說完，三人便一臉納悶地緊皺眉頭。

「哼，說話奇怪的是琴里汝吧。汝究竟怎麼回事？因月光之毒而發狂，稍嫌尚早吧。」

「疑惑。不像是琴里會說的話呢。」

「不可以那樣說七罪喲～要是太超過，人家也會生氣喲！」

美九雙手扠腰，怒氣沖沖地鼓著臉頰。

看見她們的反應，七罪感到自己的心臟愈跳愈激烈。

「等……等一下啦……那傢伙是把我們關進鏡子裡，企圖取代我們的邪惡精靈耶！正常想想吧！為什麼要幫那種人說話啊！妳們腦子有洞吧！」

七罪甚至忘了自己化身為琴里一事，感情用事地大聲嘶吼。

所有人對七罪的舉動感到困惑，面面相覷發出「唔……」的低吟聲。

「嗯……七罪確實曾讓我們遭受恐怖的經歷……」

「對吧！既然如此——」

「可是……真要說的話，我也幹了不少壞事……我是不打算說什麼不計前嫌那種話啦，但至少我是真心想跟七罪好好相處喲。」

七罪揚起聲音贊同將手指抵在下巴如此說道的美九。不過——

美九說完，其他人也紛紛點頭稱是。

「喔喔！我也是！」

「我……我也是。我想……我們一定能相處得很好。」

「聽說她選了四糸奈當變身的人選呀？哎呀～～真是識貨的女人呢～～」

「哼，她可是將吾逼到絕境的女中豪傑。值得成為戰力。」

「同意。有前途。」

「……！」

七罪啞口無言，踉蹌似的退後一步。

總覺得腦袋一片混亂。七罪緊咬牙根，沒有看向大家的臉就這麼離開休息室。

「呃……住宿區是在Ｂ區塊吧？」

士道以緩慢的步伐走在七罪隔離房所在地〈拉塔托斯克〉地下設施的走廊上。

想要從五河家來到這裡有一段距離——而且，為了避免艾蓮等人隸屬的ＤＥＭ公司社員尾隨在後，因此故意繞了一大段遠路，光是來到這裡就費盡了千辛萬苦。

話雖如此，只要七罪在這裡，士道就不得不露面。因此才想暫時借用地下的住宿設施，從家裡帶來換洗衣物及牙刷。

接著，在正好走到走廊轉角時，士道感覺到自己的胸口「咚」的一聲受到輕微的衝擊。

「哎呀。」

往下一看，熟悉的雙馬尾映入眼簾。

「喔，琴里。」

「……」

士道微微舉起手如此說道，但不知為何琴里一語不發，只瞥了一眼他的臉。

「怎麼啦？一副垂頭喪氣的。發生什麼事了嗎？」

「……沒有啊。沒發生什麼事。」

琴里露骨地以陰鬱的聲音如此說道。士道抓了抓頭。

琴里像在表達不想再搭理士道一般，撇過頭打算離開。

「啊，等一下。」

「……幹嘛啦。我可沒有那種美國時間。」

「啊啊，抱歉、抱歉，一下子就好。我要跟妳談談七罪的事。」

「……！」

士道一說出七罪名字的瞬間，只見琴里的耳朵突然抽動了一下。

「七罪怎麼了？」

琴里的眼睛突然瞪得老大，朝士道逼近而來。雖然明白她對七罪有些神經質，但再怎麼樣這反應也太極端了。

「喔喔……是有關七罪的餐點。」

士道被琴里的氣勢所震懾，但還是鼓起勇氣回答。琴里便「……哈！」的一聲露出笑容。

「……呵呵，嗯嗯，你終於露出本性了呀。」

「咦？」

「沒事。所以，你要我怎麼做？要我從今天起暫時別提供她餐點？還是要下毒？」
「不……妳在說什麼啊？這玩笑一點都不好笑。」
士道的臉頰冒出汗水，並苦著一張臉。於是，琴里一臉疑惑地皺起眉頭。
「那是怎樣？你要我怎麼做？」
「今天的晚餐啊，能不能把七罪從那個房間放出來吃啊？」
「……？這是怎麼回事？」
「難得大家都在，我想說要不要一起吃。」
「……什麼？」
琴里呆愣了一瞬間後，彎起嘴脣回答：
「……喔喔。原來如此，是為了封印呀。你這個人也真惡劣呢。竟然打算用那種手段籠絡她，從她身上奪走靈力。」
看見不像琴里會做出的言行，士道皺起了眉頭。
「妳在說什麼啊？封印靈力，讓精靈安全幸福地生活不正是〈拉塔托斯克〉的目的嗎？」
「咦……？」
「而且——不只是為了提升她的好感度，妳想嘛，雖說是處於隔離狀態，一個人吃飯還是很寂寞吧？再說，大家也很想多跟七罪聊聊。」

「……」

「我在想如果一邊吃著美味的食物，七罪的脾氣可能也會比較溫和……呃，琴里？」

士道瞪大了雙眼。

理由很單純。因為琴里的眼睛開始落下斗大的淚珠。

臉頰和眼睛都紅通通的，肩膀不停顫抖，偶爾還會發出抽泣聲。看見剛強的妹妹非比尋常的模樣，士道打了個哆嗦。

「喂……喂，妳到底怎麼了啊！我做了什麼事嗎？」

「我……我沒事……」

「不，怎麼可能沒事啊！妳放心啦，我也有準備妳的份——」

「少囉嗦！去死！笨蛋——！」

琴里如此大喊，一邊用袖子擦拭眼淚一邊從走廊跑開。

「喂，琴里！」

就算琴里這麼對他說，他也不可能置之不理。士道急忙追在琴里的後頭。

不過在彎過轉角後，他停下了腳步。

「奇怪……？」

剛才理應彎過這個轉角的琴里身影，猶如霧氣一般消失得無影無蹤。

「琴里那傢伙，到底跑到哪裡去了……」

即使左右張望也不見琴里的身影。取而代之的，是一支尚未解開包裝的加倍佳棒棒糖，宛如指示琴里的去向般掉落在走廊上。

「……那傢伙竟然會掉下糖果離開，到底是發生了什麼事啊……」

士道撿起加倍佳棒棒糖，心想待會兒拿去還給她，無可奈何地回到原來的路上。

不知走了多久，放進口袋裡的手機開始震動——來電顯示的名字是「五河琴里」。士道急忙按下通話鍵。

「喂？琴里，妳還好嗎？」

『……什麼？幹嘛問我好不好啊？』

士道詢問後，琴里便不解地回答。

「沒有啦，因為剛才——」

『別管了，發生緊急狀況了。我剛才收到那邊的管理室聯絡。』

琴里打斷士道的話。

『——七罪從房間裡逃跑了。』

「什麼……！」

聽見突如其來的通知，士道屏住呼吸。

「逃跑了……！到底是怎麼逃的！她不是應該還無法使用天使嗎！」

『不是我們估計錯誤……就是她在不完全的狀態下也有使用變身能力的手段吧……她在棉被裡留下應該是用布娃娃變成的假人，消失了蹤影。想必是變身成某人試圖逃亡吧。你有沒有什麼頭緒？』

「就算妳問我有沒有頭緒……」

士道瞪大雙眼，發出「啊」的一聲。

——之後過了約兩小時。士道回到了地面上。

即使出動全體機構人員徹頭徹尾搜索整個地下設施，仍未發現七罪的蹤影。縱然已從士道、十香等人以及椎崎的證詞，判斷七罪恐怕是變身成琴里的模樣，但只要七罪不一定會一直保持那副模樣，就算不上是什麼太大的線索。

「七罪……」

士道輕聲自言自語，漫步在住宅區的路上。由於七罪消失蹤影，待在地下也沒有意義，因此士道只好再將裝入換洗衣物的包包原封不動地揹回家。

結果自從保護七罪之後，士道一次也沒能看見她的笑容。無論士道和十香等人做什麼，她都感到厭煩，不肯打開心房。

不過——士道實在不認為那是七罪真正的心意。

就像長期受到人類虐待的狗，即使內心想跟人類嬉鬧、撒嬌，也會反射性懼怕人類那樣。

所以，這裡沒有人說七罪的壞話；這裡沒有人欺負七罪。他本來相信只要耐心地持續傳達這種意念，總有一天她一定會了解。

「……不對。」

士道停下腳步，輕輕地搖了搖頭。

仔細想想，那或許不過是士道的一廂情願罷了。略感後悔的意念刺痛著他的心臟。

就算能使用變身能力，也不代表傷勢已經痊癒。若是在負傷的狀態下被ＡＳＴ或ＤＥＭ的巫師發現，可就吃不完兜著走了。

如果七罪急於逃脫的原因出在士道等人身上……一想到這裡，無論如何都會往負面思考。

「……這樣下去不行。」

士道輕拍臉頰重振精神後，再次邁開步伐。

接著立刻看見自家房子。士道推開大門並摸索口袋，拿出鑰匙後插入家門的鑰匙孔。

「……嗯？」

然而，士道歪了歪頭。明明轉動了鑰匙，卻沒有開啟門鎖的手感。士道覺得奇怪，試著拉動門把後，門卻輕易地打開了。

他確定在出門時已經把門鎖上。話雖如此，他也想不出有誰會比他還早回家。

「真奇怪。大家應該還留在地下才對——」

說到這裡，士道赫然瞪大雙眼。

「七罪……！」

沒錯。七罪應該知道五河家所在地。士道猛力推開玄關的門，立刻脫掉鞋子，並朝客廳奔跑過去。

然後進入客廳——他馬上就停下了腳步。

正如士道所料，那裡出現一名少女的身影。

然而——

「什麼……」

士道的臉龐染上驚愕之色，一時語塞。

「——不好意思，打擾了。」

因為坐在客廳沙發上的少女，跟士道原先預想的人物截然不同。

宛如經常沐浴在陽光下的淺色金髮以及碧眼——沒錯。坐在那裡的正是DEM Industry的巫師，艾蓮．梅瑟斯。

「艾蓮！妳怎麼會在我家……！」

「容我詳細為你說明。這邊請。」

艾蓮說完指向對面的沙發。應該是叫士道坐下的意思吧。

「妳要說什……」

士道故意拖延說話的時間，一邊在口袋裡操作手機。這是緊急事態，必須盡早通知琴里——

「……」

「什麼……！」

然而那一瞬間，艾蓮微微舉起右手，士道的手機旋即輕輕地飄浮了起來，在空中滑翔後，落入艾蓮的手中。

「就算你求救，我也不會感到任何不便，只是如果打擾到我們談話就麻煩了。不好意思，我就稍微幫你保管一下。」

艾蓮將從士道那裡奪來的手機放在桌上後，望向士道。

「慎重起見，我先聲明，現在這整個家全是我的隨意領域。奉勸你最好不要抵抗。」

「唔……」

士道憤恨不平地咬牙切齒，輕輕嘆了一口氣後，在艾蓮對面的沙發坐下。

「……所以，舉世無雙的DEM小姐不惜非法入侵柔弱的一般市民家中，究竟有何貴幹？」

士道語帶最起碼的反抗和嘲諷，對艾蓮如此說道。不過，艾蓮毫不在意地凝視士道的雙眼。

「不是什麼大不了的事。只是想問你一個簡單的問題。」

「問題？」

「是的。我就開門見山地說了。前幾天你們帶走的精靈〈魔女〉，現在在哪裡？」

艾蓮靜靜地問道。士道緊握拳頭。

「……開什麼玩笑！我怎麼可能告訴妳！」

士道才想問她這個問題呢，不過──他沒有說出口。他想避免讓這個女人知道他們一行人讓七罪逃跑一事。只要讓她誤以為七罪仍在〈拉塔托斯克〉的庇護之下，就能讓七罪遠離危險。

不過，即使士道大聲怒吼，艾蓮依舊一臉滿不在乎的模樣。她若無其事地繼續說道：

「哎，我想也是。我也不認為你會那麼輕易地告訴我。」

「……是嗎？那就請妳快點打道回府吧。我還要準備晚餐。」

「由你來做嗎？」

「不行嗎？」

「不，我覺得很棒喔。」

「……那真是多謝妳的誇獎。」

士道毫不隱藏敵意地說完，艾蓮便嘆了一口長氣，從沙發上站起身來。

然後緩緩地在客廳裡踱步，彷彿在觀察房間和廚房似的環顧四周，並且開啟雙脣：

「——雖然有點窄，不過打掃得非常周到，是個很棒的家呢。彷彿能看見每晚幸福團聚的情景呢。」

「……」

士道聽不出艾蓮話中的含意，皺起了眉頭。她所吐露出的話語絕不可能只有字面上的意思。

不過，艾蓮毫不在意士道沒有回話，發出動聽的聲音：

「團聚的成員究竟有誰呢？你——以及五河琴里、夜刀神十香、四糸乃，或許八舞姊妹和誘宵美九也在吧。大家應該會津津有味地吃著你做的料理、嘖嘖讚嘆吧。典型的幸福空間，真美好。請務必好好珍惜。」

「……妳到底想說什麼？」

不耐煩的士道詢問艾蓮，她便轉身面向士道。或許是背對窗戶的緣故，逆光導致一瞬間看不清她的表情。

「——你認為那團聚的情景，是多虧了誰才得以存在的呢？」

「什麼？」

聽見這突如其來的問題，士道緊皺眉頭。

「……那當然是琴里和〈拉塔托斯克〉的——」

「你錯了。」

沒有將士道的回答聽到最後，艾蓮表示否定。

「——那幅情景之所以得以存在，都是多虧了艾克和我。『因為我們放過你們，饒過你們一命』，你們才得以享受短暫的和平。」

「什麼……」

士道感覺到汗水濡濕自己的背。

艾蓮的話語不帶一絲說笑或戲謔的語氣。

她是說真的。她十分篤定地說出那種荒唐無稽又粗暴的理論。

「……！」

艾蓮是巫師。換句話說，即使腦部被植入機器，她也理當仍是個人類。然而不知為何，士道卻從她身上感受到比與精靈對話時更深刻的不協調感——不，應該說是異物感吧。

「我就簡潔地說了。」

艾蓮緩緩地舉起單手指向士道。單憑這個動作，就讓士道沒來由地感到一陣呼吸困難。是她操作隨意領域降低周遭的氧氣濃度，或是掩住了士道的口鼻？抑或是——單純只是承受不了壓力也說不定。

「五河士道，以及〈公主〉、〈炎魔〉、〈隱居者〉、〈狂戰士〉、〈歌姬〉，為了確保你們的安全，請告訴我〈魔女〉的所在地。」

「開……開什麼玩——」

「請你不要誤會，這是我最大的讓步，你沒有選擇的權利。」

「唔……」

「——這是單純的算數。以〈魔女〉一個人，換取其他精靈短暫的安全。我認為這筆交易並不壞。」

艾蓮彷彿覺得那是最理所當然的選擇般說道。

不過，士道深呼吸了一口氣後哼了一聲。

「……很抱歉，我從以前算數就不好。」

「這樣啊，真遺憾。」

想必士道的回答在她的預想範圍之內吧。艾蓮看起來不怎麼失望，把手伸進外套內側，從那裡拿出一把類似沒有刀刃的刀柄。

一瞬間，士道還認不出那是什麼東西，不過——艾蓮瞇起眼睛的同時，士道看見那把刀柄的前端出現散發淡淡光芒的光之刃後，嚥了一口口水。

「那麼，在你計算出哪個選項對你比較有利之前，我就慢慢地跟你耗吧——你究竟能挺到

『第幾刀』呢？真令人期待。」

艾蓮將光之刃指向士道，第一次彎起了嘴角。

◇

「A點，沒有反應！」

「B點，同樣沒有反應！」

「從隔離區延續的微量靈波，在中途也偵測不到了……！」

飄浮於天宮市上空一萬五千公尺的空中艦艇〈佛拉克西納斯〉，艦橋上目前正響起船員們此起彼落的聲音。

沒錯。琴里等人目前正操作所有搭載於〈佛拉克西納斯〉的探測器，追蹤下落不明的七罪的反應。

不過——結果正如眼前的情況。

「嘖……雖然是預料中的結果，果然追蹤不到靈波反應。」

坐在艦長席的琴里將手抵在下巴，輕輕咂嘴。

既然追蹤不到靈波反應，通常會以發射到街頭的自動感應攝影機為主進行搜索——但對擁有

變身能力的七罪而言，這個方法也不太具有實質的意義。既然自覺是逃亡者，就不可能刻意以琴里等人容易認出的姿態出現。若是變身成路人，就幾乎不可能找到她。

「這下糟了……要是她又來找士道麻煩就好了，但如果她對我們有所警戒，不肯現身——就不可能封印她的靈力了。」

琴里面有難色地說完，向在艦橋下方作業的船員們下指示：

「——沒有任何線索，搜索也沒什麼效率可言。試著以七罪曾經出現過的場所為重點來搜索。士道與七罪初次相遇的遊樂園舊址、我家、士道的學校，還有救助七罪的山！」

「了解！」

船員們回答的同時，顯示於螢幕上的街頭影像也一齊開始移動。

就在此時——

「……嗯？」

面向個人螢幕的箕輪發出疑惑的聲音。

「怎麼了？莫非偵測到七罪的反應了嗎！」

「不……不是，不是那樣……」

「搞什麼呀，說話不清不楚的。到底發生了什麼事？」

「嗯……可以請您看看這個影像嗎？」

箕輪操作控制檯後，她所看見的畫面便顯示在艦橋的主螢幕上。

為了搜尋七罪的反應，擴大到最大規模的偵測領域的頂點部分──遙遠的天際，偵測到一個可疑的反應。

「……這是什麼？」

「就高度和軌道來看，應該是人造衛星之類的東西……」

川越看著螢幕說道。琴里低吟了一聲，同時看向中津川。

「可以調出影像嗎？」

「是！請稍等一下……！」

中津川操作控制檯後，畫面便顯示出豆大的小點。

那是經過數階段擴大所顯示出的低解析度影像。

「看起來……確實很像人造衛星呢。可是，為什麼只有這個……」

然而，此時幹本皺著眉頭，開始凝視畫面。

「雖然只有微量，不過有魔力反應！而且這是……爆破魔法……？」

「你說什麼？」

琴里緊皺眉頭。爆破魔法。簡單來說，就是使用顯現裝置的魔法炸彈。

「這到底是怎麼回事？為什麼那種東西會──」

話才說到一半，琴里將手放在嘴邊。

「難不成……不，不可能使用那麼愚蠢的方式——」

「司……司令……您的看法是？」

中津川推了一下眼鏡問道。琴里嚥了一口口水，繼續說道：

「假設……我是假設喔，要是人造衛星掉到天宮市，會變成怎樣？」

「……！」

聽見琴里說的話——

全體船員同時啞然失聲。

◇

「……」

鹹味在口中擴散開來。臉頰流下的汗水沿著嘴唇抵達舌尖。

士道被艾蓮以雷射光刃威脅，一邊思索著有無任何方法能夠打破這種狀況。

不過，艾蓮完全沒有顯露一絲破綻。若是士道企圖逃跑，她肯定一瞬間就會用光之刃刺穿士道的腳。

艾蓮彷彿察覺到士道的想法，輕輕地哼了一聲。

「別白費力氣了。你只有一個方法能活著走出這裡，就是招出〈魔女〉的所在地。」

「……不好意思，我最近健忘得很。」

「那麼，我只好幫你想起來了。」

艾蓮如此說完便慢慢地前進，走到士道眼前。

「唔……」

即使想後退拉開距離——身體也無法動彈。看來艾蓮似乎用隨意領域束縛住士道的身體。

「好了——劈頭就砍手指也沒什麼看頭。我想想……」

艾蓮舔了舔嘴唇，便將手中的雷射光刃貼近士道的側頭部。宛如——沒錯，像是要削掉他的耳朵一般。

「——我最後還是姑且問你一聲好了。你不打算告訴我〈魔女〉的所在地吧？」

艾蓮對士道投入冷漠的視線如此說道。士道感覺到他的心跳劇烈得幾乎發疼。

這個女人會下手，肯定會毫不猶豫地砍下士道的耳朵吧。士道想起曾被她刺穿的痛楚，雙腿不住顫抖了起來。

不過，士道將嘴唇彎成新月的形狀，以好不容易壓抑住顫抖的聲音說道：

「……我剛好耳朵很癢呢。」

「是嗎？」

艾蓮簡短說完，倏地瞇起眼睛，在握住雷射光刃的手中施力。

然而——就在這時……

「……！」

士道放在桌上的手機響起輕快的來電鈴聲，緩和了充滿周遭的緊張感。

這陣鈴聲或許也令艾蓮一時分心了，士道原先受到隨意領域束縛的身體頓時得以動彈。士道曾聽琴里提過，無論是什麼樣的高手，在沒有穿接線套裝的情況下要維持隨意領域都需要十分驚人的集中力。

「呼——！」

錯過這個時機就再也沒有機會了。士道用雙手使勁推開艾蓮的胸口。

「唔！」

艾蓮露出痛苦的表情倒向後方。士道一邊在內心感謝在絕妙時刻打電話來的某人，一邊急忙逃離現場。

不過在剛要踏出客廳的時候，他的身體再次無法動彈。

「什麼……」

「……你還真敢做呢。」

聲音透露出些許怒意，艾蓮緩緩坐起身。

換算成時間，大概不到三秒吧。在這短短的時間內，艾蓮便再次展開了隨意領域。令人驚愕的集中力。

「──好了，雖說是偶然，但你要怎麼付出將我推倒在地的代價呢？」

「唔──」

「還有，你剛剛也摸到我的胸部了吧。請你去死吧。」

「那是不可抗力事故吧！」

即使士道揚起略帶哀號的吶喊聲，艾蓮也不予理會。她再次將雷射光刃貼近士道的臉頰。

不過，此時換艾蓮的手機開始響起低沉的振動聲。

艾蓮的眉毛抽動了一下，在保持隨意領域的狀態下接起電話。

「──是，是我。發生什麼事了嗎？」

艾蓮直盯著士道不放，與手機另一頭的人物交談，不過──

「你說什麼？」

不知究竟聽到了什麼樣的情報，她的表情突然變得嚴肅。

「……是、是。我知道了。我會負責處理。」

艾蓮如此說完便掛掉電話，露出看似遲疑的神情半晌後，解除束縛士道的隨意領域。

「嗚哇……！」

就像支撐物突然被移開一樣，士道失去平衡，當場撲倒在地。

「你這個人真走運。」

「什麼……？」

士道露出目瞪口呆的表情，艾蓮便頭也不回地朝屋外飛馳而去。

「到……到底怎麼回事……」

士道一個人被留在客廳呆愣了一會兒——接著驚覺自己的手機來電鈴聲還在響。他走向手機朝螢幕一瞧，上頭顯示著琴里的名字。

「喂？琴里嗎？聽我說，剛才——」

『太慢接了！在這種緊急時刻，你剛才在搞什麼鬼啊！』

士道一接起電話，另一頭便傳來琴里震耳欲聾的聲音。

「什……什麼嘛。我剛才的情況也很驚險耶！」

『少廢話，冷靜聽我說。』

琴里以沉重的聲音說道。士道原本想抱怨不滿，但那非比尋常的氣氛令他皺起眉頭。

「到底發生什麼事了？」

『……嗯。你一時之間可能難以置信——』

琴里在此時調整了一下呼吸，接著繼續說：

『——從現在算起幾十分鐘後，人造衛星將會墜落到天宮市。』

第十章　絕望降臨 Fall down

「嘖——」

艾蓮氣憤地咂嘴，隨後凝結隨意領域，以飛快無比的速度飛馳於地面上。穿過道路後，行人紛紛驚愕地瞪大雙眼，但她無暇顧及那種事情，只是專心一志地朝目的地飛馳。

去路是東邊——威斯考特目前住宿的飯店方向。

以現下的速度，大約三十分鐘便可到達。雖然不清楚距離「砲彈著地」還有多少時間，但考慮到之後還得離開天宮市就絕不能安心。

「——沒辦法了呢。」

艾蓮的眼神變得銳利，在腦內發布指令。

瞬間，艾蓮的身體發出淡淡的光芒，剎那間白金色的CR-Unit〈潘德拉剛〉便已著裝完畢，展開遠比數秒前還濃密的魔力所組織而成的隨意領域。

艾蓮朝地面一踹，驅動附著於CR-Unit背部的推進器，高高飛於空中，然後朝目的地劃出一直線軌跡。

此時，內藏於Unit的耳麥傳來通訊：

『梅……梅瑟斯執行部長！到底發生什麼事了？』

是艾蓮進入五河家之際奉命於外面待命的部下。或許因為艾蓮突然離開五河家邁步奔馳，令她感到驚慌失措了吧。艾蓮直視前方，維持速度回應對方：

「發生緊急狀況了。現在，預定廢棄的人造衛星〈DSA-Ⅳ〉正朝著天宮市墜落，而且上面還——」

聽見接下來的說明，部下發出驚愕的聲音：

『什麼……！雖說是為了打倒精靈，但為什麼要做那種事……！而且那種作戰方式，竟然沒有事先通知執行部長——』

「不，目標不是精靈，而是艾克。」

『什麼……！威……威斯考特MD……！這……這究竟是怎麼回事！』

部下訝異地說了。這也難怪，畢竟DEM的刀刃正指向他們的領袖。

「剛才收到了總公司的聯絡。前陣子要求艾克卸任的董事們似乎失控了。」

艾蓮說完後輕輕咂了嘴，心想——果然當時不該斬斷他們的手臂，而是應該砍掉他們的腦袋才對。

結果似乎在執行作戰的前一刻，董事會其中一人害怕威斯考特而將情報洩露給第二執行部。

他的判斷尚可說是識相——不過既然都要倒戈，希望他能早點下決定。艾蓮很想在本人面前數落他一番。

話雖如此，現在不是做那種事情的時候，必須盡早保護威斯考特，盡可能遠離天宮市。

「——我會前往艾克身邊。請你們各自去避難，別被爆炸的衝擊波牽連。之後偵測周圍的靈波反應，如果有精靈受到爆炸牽連，就要回收她的靈魂結晶。」

『了……了解……！』

留下這句回答，兩人便中斷了通訊。

話雖如此，艾蓮並不怎麼期待能回收到精靈的靈魂結晶。既然有〈拉塔托斯克〉介入，在進入危險空域之前，他們勢必會偵測到〈DSA-Ⅳ〉，如此一來，他們只要將精靈們帶到空中艦艇上保護，逃至安全空域就行了。想必五河士道剛才響起的電話也是來通知這項消息的吧。

「……！」

在一直線飛行於空中的途中，艾蓮的眉毛抽動了一下。

理由很單純。因為附近一帶開始響起了「嗚嗚嗚嗚嗚嗚嗚嗚嗚嗚嗚嗚嗚嗚——」刺耳的警報聲。

「空間震警報……莫非是精靈？」

艾蓮低喃，但馬上便想到其他可能性。

——就算威斯考特再怎麼礙眼，將人造衛星砸向日本的都市，即使是ＤＥＭ公司也難辭其咎。如此一來，就無法達成董事會篡奪公司的目的。

簡言之，董事會打算將這件慘事全怪罪到空間震頭上。原來如此，很合理的思考。

「不讓你們得逞。」

艾蓮緊咬牙根，隨後以極限速度趕往威斯考特身邊。

◇

艾蓮奔出五河家不久後，街上便響起空間震警報，周圍傳來居民開始避難的聲音。

「空間震警報！在這種時刻？」

『不，不對。』

士道驚訝地看向窗外，電話那頭便傳來琴里的聲音。

『周圍並沒有偵測到空間的晃動……這是在奇蹟性的時間點響起的誤報——或是某個想將人造衛星墜落所造成的災害嫁禍給空間震的人幹的好事。』

「嫁禍給空間震……到底是誰！」

『……恐怕是ＤＥＭ公司吧。』

琴里咬牙切齒地說道。不過，士道卻皺起了眉頭。

「等……等一下，DEM……？這不太可能吧？」

『你這話也真奇怪呢。能做到這種事情的組織，就執行力和頭腦壞掉的情況來看，除了他們還會有誰。』

「呃，是這樣沒錯啦……」

士道將剛才發生的事情說明給琴里聽。

一回到家便發現艾蓮在家，以及——艾蓮一副慌慌張張的模樣離開家門的事。

『艾蓮．梅瑟斯嗎？確實很奇特呢……如果這個行動是為了將精靈一網打盡的計畫，她沒道理不知道……不對，在那之前……』

琴里為難似的低聲呻吟。不過，她立刻察覺現在不是沉思的時候，於是重振精神繼續說：

『總之！繼續待在那裡會很危險這件事是無庸置疑的。我馬上把你接到〈佛拉克西納斯〉上，出來外面。』

「好……我知道了……十香她們呢？」

『不用擔心，她們現在正準備從地下逃脫。接收完你之後，會馬上過去接她們。』

「我知道了。那麼——」

士道回答到一半時，歪了歪頭。

「從地下逃脫？那個設施的強度不是跟避難所一樣嗎？」
士道說完，琴里像是要停頓一拍似的呼吸一口氣之後回答：
『——對，沒錯。如果是等級B以下的空間震，幾乎抵擋得住。』
「……等一下，妳是指——」
「正常來想應該是沒有問題。不過，我有一件事情很在意。』
「在意的事……？」
『對——我們從這顆人造衛星上偵測到些許魔力反應。』
聽見琴里說的話，士道皺起了眉頭。
「那……那是怎麼回事？」
『還不知道詳細情形。不過——難以想像DEM公司只是降下人造衛星的殘骸，也有可能利用某種方法突破大氣層，必須事先假設好最壞的狀況。』
「最壞的……狀況。」
『……沒錯。三十年前起配備到全世界的避難所，主要是設想會發生空間震災害而建造的。由於空間震基本上常在地上、海上、空中偵測到，所以只要躲在地下就極有可能倖免於難。』
可是——琴里繼續說了：
『這次的情況另當別論。』

「妳是指，要是那顆人造衛星掉到避難所的正上方……躲在裡面的人會喪命嗎！」

『……所以我才說還不知道詳細情況。不過，你只要明白或許有這種可能性。』

「……！那……那是怎樣啊！就算要取精靈們的性命，這種做法也太超過了……！」

士道緊握拳頭高聲吶喊，琴里再次為難地發出低吟。

『關於這一點——我們也還不清楚他們的動機是否就是如此。』

「……咦？」

『DEM應該也知道我們擁有空中艦艇。如果他們的目標是精靈，我不認為他們會使用這種不具確實性的手段。』

「那……那麼，這究竟是怎麼一回事啊……」

『現階段我還無法斷言，究竟是他們的高層當中有笨蛋沒有思考到那一點？還是他們終於發瘋了？抑或是——有其他目的？』

「目的……」

士道嚥了一口口水。不惜犧牲數萬人也要達成的「目的」究竟是什麼？

『——你的心情我了解，但你趕快出來。在你拖拖拉拉的期間，距離人造衛星墜落的時間也一直在減少。』

琴里焦急地說了。然而，士道仍然站在原地。

「等……等一下，難道沒辦法阻止嗎？這樣下去，就算我們能夠得救，城市的人們——」

『聽我把話說完。』

琴里不容分說地打斷士道的話。

『我也沒打算對城市的人們見死不救。我已經想好對策了。』

「！真……真的嗎！」

『對——事情很單純。在人造衛星墜落之前，用〈佛拉克西納斯〉的主砲擊落它。如此一來，就算爆破魔法當場啟動，爆炸的衝擊波和碎片朝地面傾瀉而下，位於地下的避難所應該也會平安無事……不過地面上可能會一塌糊塗就是了。但那就跟空間震發生時一樣，只要能活命就該謝天謝地了。接下來就得請陸上自衛隊的復興部隊努力了。』

「原來如此……這樣就好！」

『可以接受了嗎？那就快點出來。』

「好！」

士道用力點了點頭便掛斷手機，走到玄關，重新穿上鞋子。

——就在此時，有個東西從蹲下來穿鞋的士道口袋中「喀咚」一聲滾落在地。

「嗯……？」

往那兒一瞧，發現是包著紅色包裝紙的加倍佳棒棒糖——是化身成琴里的七罪在地下設施掉

落的。

「啊──」

看見棒棒糖的瞬間，士道發現了一件事，因而僵在原地呆愣了好一會兒。

沒錯，士道不小心忘記了。確實因為響起空間震警報，附近居民都正前往地下避難所避難。只要〈佛拉克西納斯〉迎擊人造衛星成功，所有人都會得救吧。

然而──有一個人。只有一人從地下逃走之後，或許還留在地上。

士道佇立在玄關，手機再次響起輕快的來電鈴聲。他按下通話鍵後，電話另一頭傳來了琴里焦躁的聲音。

『喂，士道，你在幹什麼呀！沒有時間了……』

「琴里。」

士道打斷琴里焦急的話語。或許是感受到士道的情況有異，琴里一頭霧水地繼續說：

『幹嘛啦，你到底是怎麼了呀？』

「嗯。我要拜託妳一件事……妳可以先去接收十香她們嗎？」

『什麼？為什麼要這樣──我知道了，你想讓大家比你先到安全的地方吧？用不著那麼操心，我也會確實去接收大家的。』

「不……我在地上還有事情要做。」

『什麼！』士道說完後，琴里便語帶怒意地說了：

『我不是說了是緊急狀態，你還搞不清楚狀況嗎！我是不知道你有什麼事情要辦，不過留得青山在，不怕沒柴燒喔！再說——』

「——是七罪。」

『……！』

聽見士道說的話，琴里頓時語塞。

「還沒找到七罪對吧……？」

沒錯。要是她還留在地上，事情就糟了。

如果是普通的人類，聽見空間震警報一定會逃進避難所，那是理所當然的事。不過，不曉得身為精靈的七罪是否會順應警報。再說，士道實在不認為曾經被關進地下設施的七罪會想再次踏進位於地下的避難所。

『那是……不過，七罪應該也不是傻瓜吧！就算沒進入避難所，也有可能已經逃到遠方——縱使爆炸的衝擊波和人造衛星碎片傾瀉而下，她可是精靈耶！應該能輕易防禦那種小事！』

「或許吧。不過……她被艾蓮砍傷的部位應該還沒痊癒，也有可能發生萬一。」

『……』

琴里低吟了一下之後沉默不語。士道懇求似的對電話另一頭的琴里說：

「拜託妳……可以讓我找七罪到最後一刻嗎？或許會白費功夫，不對……這個可能性應該非常大吧。可是，只要七罪有可能暴露在危險之中，我就無法……袖手旁觀。」

士道握緊拳頭說道，琴里沉默了半晌後——

『……唉。』

回以無奈的嘆息。

『……我知道了。應該說，我說再多你也聽不進去吧。』

「琴里……！」

『不過，最後期限只到我們做好迎擊的準備為止喔。我不會允許你再拖下去。還有，為了能馬上聯絡到你，記得要戴耳麥。』

「嗯，我知道。」

『那麼，你趕快行動吧。我們也會利用多餘的自動感應攝影機試著尋找七罪的行蹤。不過，不要太期待就是了。』

「了解……琴里！」

『幹嘛啦？』

「謝謝妳。」

士道說完後，琴里透過電話哼了一聲。

『……那是我要說的話。我一時情急，忽略了這麼重要的事。士道，那就拜託你了。』

士道頷首後，便將掉落在走廊上的加倍佳棒棒糖收進口袋裡，走出家門。

或許是附近的居民大都已經前往避難了，路上幾乎看不見人影。人們稍早之前的氣息還殘留在原地，形成奇特的靜默。雖然士道為了與精靈對話，走過無數次無人的街道，但不管經歷過多少次，士道似乎還是無法喜歡這種奇特的感覺。

然而，現在不是因為這種事苦笑的時候了。士道奔跑在街道上，吸進一大口氣之後，像是要讓聲音響遍周圍一帶似的扯開嗓子大喊：

「──七罪！」

士道的聲音響徹靜謐得不自然的住宅區。不過，當然──並沒有得到回應。

但這種事早在士道的預料之中。士道毫不在意地繼續揚聲說道：

「妳要是在附近，聽我說！之後這一帶會降下無數的人造衛星碎片！要是待在地上會很危險！必須趕快去避難！所以只要一下子的時間就好！跟我一起走吧！不會再將妳關在房間了！等所有事情結束，妳愛去哪裡就去哪裡！所以跟我走吧！」

士道的吶喊聲迴盪在住宅區的街道上，消逝在四周。果然還是沒有回應。

不過，士道並不認為這是無意義的舉動。

他不知道七罪究竟去了哪裡。或許正如琴里說的，她早已順利逃往其他地方，也可能混在居

民之中潛入地下。

但是，如果她還在地上——而且在這個天宮市內，就有可能為了報復士道等人將她監禁在地下，而躲在某處窺探士道的情況。

賭上那微乎其微的可能性，士道繼續吶喊：

「不喜歡我也無所謂！要嘛就跟街上的人們一起躲到避難所，要嘛就全速逃到其他城市去！最壞的情況——逃到鄰界都好！總之，待在這個城市太危險了！拜託妳！逃離這裡！」

一邊跑一邊喊叫給呼吸器官帶來強大的負擔。明明沒跑多遠的距離，士道肺部便已疼痛，呼吸困難。

不過，士道仍未停下腳步，因為七罪或許還躲在這附近。

士道為了讓七罪聽見他的聲音，再次吸了一大口氣。

◇

「——七罪！求求妳！聽到的話就回答我！」

士道發出不知是第幾次的吶喊，奔跑在無人的街頭。

「……」

七罪默默地聽著士道說話。

想必士道認為逃跑的七罪還在這附近，而且位於能夠監視士道的地方吧——事實上，士道的想法確實無誤。

「七罪！七罪！妳不在嗎！七罪！」

士道有如央求的聲音響徹街道。

聲音沙啞，上氣不接下氣。多麼狼狽的模樣啊。

然而，士道仍舊無意停止叫喊。即使絆到石頭險些摔倒，他也立刻就起身，再次呼喊七罪的名字。

——為什麼要做到那種地步？

七罪差點脫口而出，卻在前一刻壓抑住。

她並不是怕發出聲音會被士道知道她的所在之處，而是單純因為即使不說出那種話，答案也早已昭然若揭。

——為什麼？

當然是為了拯救七罪。

人造衛星的碎片將會降落在這一帶。士道所說的恐怕是事實吧。即使從周圍的居民們都去避難這一點來判斷，肯定能預料將會有某種災害發生。

當然光憑這一點，也有可能是士道等人背後的組織為了誘騙七罪出面而故意鳴響警報——但剛才稍微偷聽到士道與琴里的電話對談，否定了那個可能性。

士道不顧自己的危險，只因為七罪有可能還待在這裡，而一個人留在無人的街頭。

「嗚……」

一想到這裡，那種奇怪的感覺又在七罪的胸口蔓延開來。心浮氣躁、頭昏腦脹、搖擺不定，心情糟透了。

——七罪第一次靜穆現界時，這個世界的人們誰也不願看她一眼。

七罪十分厭惡那種感覺。無比渴望有人跟她攀談、關心她，希望得到某人的認同，所以——才以〈贗造魔女〉的力量改造自己的樣貌。

每個人都親切地對待變身成美麗大姊姊的七罪，所有人都自願討七罪歡心，對她言聽計從。

可是——即使嘗過多少次這種甜頭，七罪的心仍舊感到空虛。

到頭來，還是沒有人願意注視自己；到頭來，還是沒有人願意承認自己。愈是受人吹捧，那種心情就愈是強烈。

然而，士道現在正在尋找的，是過去誰也不願承認的「真正的七罪」。

——他試圖尋找那個過去受所有人忽視的七罪。

「……！」

七罪的腦海裡接二連三地浮現至今發生過的事。

被艾蓮襲擊時，士道一行人幫助自己。

大家同心協力改造自己。

讓自己認為自己很可愛。

——承認了這樣的自己。

「……難道我……」

早已毋須思考。

七罪不希望——士道死掉。

自己的祕密被發現那種事，在不知不覺中早已無關緊要。比起那種事情，有人願意正視真正的自己令她開心無比。

「——七罪！」

「……」

此時，士道正好呼喚七罪的名字，七罪一瞬間差點吶喊出聲。

照理說就算喊出聲音也無所謂。如此一來，士道肯定會找到七罪吧。兩人一起逃到安全的地方就好。

可是自覺到這種事的七罪，對自己懷抱的這份前所未有的感情感到不知所措。

「不……不要緊……不要緊的。」

七罪以不被士道察覺的細小聲音低聲呢喃。

即使是士道，一旦碎片傾瀉而下，他也會去避難才是。再怎麼樣，就像救助七罪時那樣，他背後的組織也一定會想辦法救他。

七罪像在說服自己一般在心中唸著「不要緊、不要緊的」，一邊也祈求士道盡早放棄搜尋自己，到安全的場所避難。

「從D3地下設施，順利接收十香她們了！」

「十三名隨行機構人員也接收完畢！」

「用遠距操作關閉設施分隔牆！」

接受士道的提議，讓他奔向無人的街頭，已過了約二十分鐘。聽完艦橋上船員們傳來的報告聲，琴里開啟雙脣：

「很好。士道現在的所在位置是？」

「是！士道現在正於三丁目大道上朝北奔跑。看來正前往高中的樣子。」

「自動感應攝影機有拍到七罪的身影嗎？」

「很遺憾，沒有。」

「是嗎？」

琴里簡短地回答。她本來就不認為能那麼輕易發現擁有變身能力的七罪。

此時——

「司令！人造衛星開始墜落了！」

琴里正想發布下一道指令的時候，顯示於螢幕上的紅色標示開始閃爍，艦橋下方的箕輪大聲吶喊。

通常人造衛星墜落之際，會慢慢偏離衛星軌道，繞著地球周圍旋轉，並受到大氣和重力的影響緩緩降低高度，衝進大氣層燃燒殆盡。

然而，顯示於螢幕上的標示卻從衛星軌道上宛如描繪出一條垂直線，筆直地朝地球墜落。狀態明顯有異。

「——來了呢。」

琴里舔了一下嘴唇，猛然舉起手，向船員們發號施令：

「馬上計算出預測墜落地點！並聯啟動AR-008三號機到五號機，將〈銀槲之劍〉調整到隨時能射擊的狀態！接收完士道後，移動至迎擊點，破壞目標！」

通常要正確預測人造衛星墜落的地點是非常困難的事。不過，只要使用搭載於〈佛拉克西納斯〉的ＡＩ演算性能，就可能在誤差數公里程度的範圍內計算出預測地點。若是像目標一樣呈垂直墜落的狀況，可能性便更大。

「了解！ＡＲ-００８三號、四號、五號，開始填充魔力！」

「預測墜落地點的結果出來了！人造衛星正準確地朝天宮市東天宮附近墜落！」

聽見幹本的報告，琴里輕輕咂嘴。

「嘖，意外地離士道的位置很近呢。」

〈佛拉克西納斯〉的傳送裝置只限於對象處於沒有遮蔽物的一直線上時才得以使用。換句話說，想要接收地面上的某人，就必須移動至其正上方。

話雖如此，只要爆破魔法有可能在迎擊的同時啟動，〈佛拉克西納斯〉也不便太靠近目標。必須在預測著地地點的附近接收士道後，再拉開距離準備迎擊吧。

「接收完士道再移動至迎擊地點，需要花多少時間？」

「大約……五分三十秒。」

「考慮到還須做迎擊的準備，不知道來不來得及。動作快！」

「是！」

川越回答的同時，艦橋被低沉的驅動音包圍——原本靜止於空中的〈佛拉克西納斯〉開始移動了。

琴里確認之後再次下達指示：

「聯繫士道。」

「了解。」

中津川操作控制檯，於是螢幕的角落顯現出在街頭四處奔走、找尋七罪的士道身影。

琴里拉過手邊的麥克風，傳送聲音到士道的耳麥。

「士道，聽得見嗎？」

畫面中的士道做出輕微的反應，當場停下腳步。

『……嗯……聽……聽得見……』

士道用手指壓住耳麥，氣喘吁吁地回答，聲音有如感冒般沙啞。看來他似乎不間斷地奔跑著呼喊七罪。

看見士道那副模樣，琴里有些遲疑是否要說出接下來的話。可是，不能再讓他繼續搜尋七罪了。琴里輕輕搖了搖頭提振精神，朝麥克風說話：

「很遺憾，時間到了。我馬上去接你，待在原地不要動。」

『什……已經……到了嗎……！拜託，再讓我找一下——』

「不行。我們約好了吧。」

『可……可是——』

士道哀求似的說道。琴里狠狠咬了加倍佳棒棒糖一口。

「不要讓我再三重複……要救別人的性命，也不要忘記加上自己那一條。」

琴里說完，士道沉默了半晌後輕輕吐了一口氣。

『……我知道了。抱歉，說了任性的話。』

「不會。早就習慣了。」

琴里揮揮手說完，再次望向螢幕。

結果那一瞬間，裝設於艦橋的擴音器傳來告知緊急事態的警報聲。

「什麼事！」

「這……這是……人造衛星的墜落速度急劇加快！」

「你說什麼……！」

琴里皺起眉頭的同時，螢幕上顯示出那顆人造衛星的影像。四角形本體的兩側附有太陽能面板的機體，上部裝設有某樣醜陋的圓形物體，其下半部隱沒於機體內。看來那一部分似乎是充當推進器的角色。很明顯的，那不是普通的人造衛星。

「唔……那是什麼呀……！」

琴里瞪大雙眼，臉頰冒出汗水。不惜做到那種地步，也想擴大墜落時的損害規模嗎？還是

——對方看穿天宮市的上空有〈佛拉克西納斯〉存在，戒備我方的迎擊嗎？

無論如何，這對琴里等人而言，無疑都不是樂見的狀況。琴里敲著艦長席的扶手站起身來，朝艦橋下方高聲吶喊：

「緊急修正預測到達時間！時間還剩多少？」

「……預測結果出來了！依……依照這個數值來判斷，必須現在立刻進入迎擊狀態，否則會來不及！」

「唔……！」

琴里愁容滿面。不過她馬上思索，冷靜地取捨自己現在必須做的事為何。

「……士道，抱歉，預定被打亂了。」

『咦？』

「我沒辦法去接收你了。不過只要成功迎擊人造衛星，災害應該不會影響到地下。你馬上就到附近的避難所避難。」

『——好，我知道了。別擔心我——拜託妳了。』

或許是從琴里的語氣推測出狀況，士道沒有提出多餘的疑問便如此說道。琴里壓抑著差點顫抖的聲音，點頭回答「好」之後，切斷了通訊。

「司……司令……」

「……沒問題的。重要的是，緊急準備迎擊。要確實擊落它喔。」

「了……了解！」

船員們大聲吶喊，操作控制檯。〈佛拉克西納斯〉改變航向，朝迎擊地點駛去。

「……唔。」

琴里緊咬牙根，握緊拳頭。

她的判斷理當是正確的。如果在那裡決定優先接收士道，〈佛拉克西納斯〉便無法迎擊，結果將會犧牲無數人的性命。不過——

「——司令！」

不知道沉思了多久，椎崎的聲音震動琴里的鼓膜。

「到達迎擊地點了！」

「目標將於三十秒後通過指定的地點！」

「AR-008魔力充填完畢！隨時都可發射！」

船員們的聲音迴盪於艦橋內。琴里像要屏除多餘的雜念般甩了甩頭，目不轉睛地凝視螢幕。

接著，配合畫面一角所顯示的倒數計時器在心中倒數，在目標正巧進入畫面的瞬間——高聲吶喊：

「——〈銀槲之劍〉！發射！」

琴里吶喊的同時，驚人的魔力洪流便從〈佛拉克西納斯〉的砲門湧出。
以搭載於空中艦艇的大型顯現裝置輸出的龐大魔力塊，朝顯示於畫面中央的目標襲去。
時機掌控得十分完美。船員當中甚至有人還沒確認擊破便已做出勝利姿勢。
然而——
「什麼……！」
下一瞬間，琴里露出難以置信的表情，並且發出驚慌失措的聲音。
不過，那也無可厚非。原本筆直朝人造衛星襲去的收束魔力砲，在即將觸碰到目標的瞬間歪斜，僅貫穿單側的太陽能面板與推進器的一部分，便消失於空中。
人造衛星像是被魔力砲彈開似的失去了平衡——但仍然受到重力吸引，繼續墜落。
「剛才……那……那是怎麼回事……！」
「恐怕是，隨意領域……」
回答琴里吶喊的人是站在艦長席旁邊的神無月。他手抵著下巴，「唔嗯」地低聲呻吟。
「你說隨意領域……！」
琴里大叫出聲——此時，她在影像中的人造衛星上發現奇怪的地方。
遭〈銀槲之劍〉貫穿的圓形物體。
那裡頭露出一張熟悉的面孔。

「那是……〈幻獸・邦德思基〉……！」

沒錯。ＤＥＭ的機械人偶〈幻獸・邦德思基〉。正確來說，是類似人偶的機體，不需透過巫師便能使用顯現裝置展開隨意領域，是ＤＥＭ的無人兵器。

它與人造衛星完全結合在一起。

「沒想到——還有這種方法……！」

看見那種情況，琴里在一瞬間便理解了這顆人造衛星墜落的概要。

恐怕ＤＥＭ公司是從地上發射改造型〈幻獸・邦德思基〉，與預定廢棄的人造衛星結合。

雖說人造衛星是以驚人的速度航行，但若是搭載顯現裝置的機體，的確有可能與之相接。

然後，〈幻獸・邦德思基〉附著其上就代表——可以在人造衛星上展開隨意領域。

「原來如此……穿過大氣層的人造衛星之所以毫髮未損，理由就在這裡嗎……！」

琴里憤恨不平地咂嘴，接著聽見令音操作控制檯的聲音。

「……情況不妙。這種大小的人造衛星保持質量墜落的衝擊，與ＤＥＭ擁有的最高等級爆破魔法，再加上以〈幻獸・邦德思基〉的隨意領域增強力量的話……」

響起「喀」的一聲按下鍵盤的聲音後，數值便顯示於畫面上。

「……由於不清楚詳細數值，只能算出大約的數值……其威力恐怕不輸給核武器吧。」

「……！」

聽見這句話，琴里屏住呼吸。

她本以為早已預料到最壞的狀況——沒想到事態遠超過她的預想。一旦這種東西墜落，整個天宮市勢必會化為一片焦土。

不過，此時唯有神無月一人面有難色地搓著下巴。

「——真奇怪呢。」

「什麼事？」

「我在想，不過是搭載上〈幻獸・邦德思基〉這種程度的顯現裝置所產生的隨意領域，不太可能使〈銀槲之劍〉的砲火偏離。」

「那麼究竟……不對，總之，現在先以擊落它為優先！再填充魔力！在人造衛星到達地上之前，想盡辦法也要——呀！」

瞬間，〈佛拉克西納斯〉的艦體突然劇烈搖晃，琴里中斷了話語。

「到底是怎麼回事！」

「是……是砲擊！縮小百分之十五的隨意領域！」

「你說砲擊……？」

「播放影像！」

箕輪出聲的同時，螢幕上顯示出空中的影像。不知何時出現的比〈佛拉克西納斯〉還要巨大

的空中艦艇正飄浮在那裡。艦體明明是以直線構成，形狀卻像是有機體般複雜，散發出與ＤＥＭ兵器相同的陰森感。

「那是——ＤＥＭ的？」

「唔……是它讓我們的砲火偏離的啊。」

琴里一臉不甘地咬牙切齒。看來對方早已料到己方會選擇迎擊人造衛星。

雖然不清楚敵艦的詳細性能——但可以確定的是，對方能夠在任何地點產生能使〈銀槲之劍〉砲火偏離這種程度的隨意領域。如此一來，不想辦法對付那艘敵艦便無法擊落人造衛星。話雖如此，要是轉移目標，人造衛星便會墜落地面。

「司令……！」

輕易便能預想到那種結果了吧。只見船員們臉上紛紛染上戰慄之色，大叫出聲。

然而，琴里帶著冷靜無比的神情吐了一口氣，深深往後靠在艦長席椅背上。

「神無月，這裡就交給你了——使用〈永恆之槍〉。」

琴里說完，所有人都抖了一下眉毛。

「……沒關係嗎？琴里？」

「嗯。我又沒打算全力射擊。再說，我現在也還不能從士道那邊取回復原能力。」

琴里如此回答令音後便望向神無月。

「你可別射歪了喔，神無月。」

「交給我吧。」

神無月依然站得直挺挺地回答。琴里一臉滿足地點了點頭，便將手掌印上附在控制檯旁的認證裝置。

琴里所坐的艦長席便宛如被地板吸進去一般，朝下方滑動。

數秒後，坐在椅子上的琴里來到一個開闊的場所。

那是一個半徑約三公尺的圓形空間。由於外面的情況會即時投影在圓滑的弧型牆面上，甚至會有飄浮在空中的錯覺。

不過現在的琴里並沒有時間悠閒地享受空中散步的樂趣。她跳下艦長席，站在圓形中心，吐出悠長的氣息讓自己冷靜下來。

「好了，開始──我的戰爭吧。」

感覺從意識深處拉曳一條細線。

想像身體纏繞著灼熱的火焰。

不久，那個想像逐漸化為實體，火焰在琴里的周圍捲起漩渦後，隨即化為夢幻的羽衣形狀。

接著，火焰由下攀爬上琴里的髮絲——在她的側頭部顯現出如惡鬼般的角。

——靈裝，精靈穿著的絕對盔甲。

雖然琴里過去曾被士道封印靈力，但藉由控制自己的精神狀態，能夠任意讓靈力從士道身上逆流。

話雖如此，若要引出百分之百的力量，將得承擔意識遭力量吞噬的危險性。要在確保某種程度的靈力後憑藉自己的意識關閉路徑，維持限定靈裝。

「〈灼爛殲鬼〉(Chamael)。」

琴里靜靜地說完，火焰便收束於她手中，化為巨大的戰斧形狀。

就在那一瞬間，某處傳來爆炸聲，艦體輕微搖晃。

想必是受到那艘敵艦的攻擊吧。現在似乎仍以防禦性隨意領域防衛，但要是拖拖拉拉，在人造衛星墜落之前，〈佛拉克西納斯〉很有可能會受損。琴里高舉〈灼爛殲鬼〉同時發出聲音：

「——【砲】(Megiddo)！」

於是〈灼爛殲鬼〉的樣貌漸漸變化成圓筒形，緊密地裝戴於琴里的手臂。那副模樣宛如——大砲。嬌小的琴里的右手猶如戴著一具不搭調的巨大砲門。

與此同時，前方降下宛如巨大連接器的裝置。琴里用〈灼爛殲鬼〉前端碰觸它之後，便響起細小的電子音，〈灼爛殲鬼〉與連接器緊密連結。

「要上囉，神無月。」

『是！隨時聽候差遣。』

琴里說完，擴音器便傳來神無月的聲音。

確認過後，琴里集中精神將靈力注入天使。

沒錯。既然收束魔力砲〈銀槲之劍〉會被彈開，那剩下的只有一個手段。

簡單明瞭。就是以更強的威力攻擊就好。

精靈靈力砲〈永恆之槍〉。

正如其名，那是轉換精靈之力，增強威力，釋放出絕對毀滅的一擊，是〈佛拉克西納斯〉最強的兵器。

——靈力的餘波如火花般四濺於身體四周。琴里露出銳利的視線，高聲吶喊：

「就是現在！精靈靈力砲〈永恆之槍〉！」

『射擊！』

神無月的聲音從擴音器傳來的同時，位於〈佛拉克西納斯〉中央的巨大砲門釋放出靈力砲。

那已經是無法稱為雷射砲或光束的東西了。

硬要說的話——是柱。

以濃密靈力所形成的巨大光柱，從〈佛拉克西納斯〉筆直朝人造衛星延伸而去。

對象倘若被那種靈力團塊貫穿，究竟會變得如何呢？

馬上便顯示了完美的實例。

砲擊即將命中的瞬間，人造衛星周圍便展開隨意領域，企圖再次使之偏離軌道。

不過，〈永恆之槍〉的一擊一瞬間衝破隨意領域——將朝天宮市墜落的人造衛星消滅得無影無蹤。

以單純超高輸出力的一擊，便將爆破魔法、無數的碎片，以及所有預想得到的災害蒸發得煙消雲散。

『——消滅目標！成功了！』

船員們的聲音透過擴音器傳來。琴里確認之後，虛脫地當場癱軟跪地。

「呼……！呼……！」

輕微的頭痛及暈眩襲向琴里。雖說只有一部分，但或許是使用了精靈的力量，詭祕的破壞衝動有如灼燒般開始一點一滴舔噬琴里的心。

無法頻繁使用擁有絕對威力的〈永恆之槍〉最大的理由就在這裡。萬一琴里的意識被破壞衝動所吞噬，琴里本身便會造成〈佛拉克西納斯〉的威脅。因此，唯有在緊要關頭時，才能射擊這個主砲。

琴里一邊深呼吸一邊消除天使、解除靈裝後，癱坐在原地。

接著，她對位於艦橋的船員說：
「辛苦了。不過，還不能休息喔。必須將留下來的敵艦——」
然而，就在此時——
尖銳的緊急鈴聲震天價響，打斷琴里的話。
「……什麼事！是敵艦發動什麼攻擊了嗎？」
『不！不是！這……這是——』
船員說話的同時，映照出天空景象的一部分牆面顯示出雷達影像。
琴里看見顯示其上的反應後——屏住了呼吸。
「什麼……這是——還有一顆人造衛星……！」
沒錯。跟剛才消滅掉的那顆人造衛星相同的反應，再次出現於〈佛拉克西納斯〉的上空。
「難不成——剛才那顆是誘餌嗎……？」
琴里憤恨不平地皺著臉。
想必敵方早已看穿這裡有空中艦艇以及擊落人造衛星的手段，一開始就準備好了複數的人造衛星。琴里緊咬牙根，將手擱在膝蓋上施力後當場站起身。
「誰怕誰啊……！既然如此，就再來一次……！」
『……不，不行，琴里。連續射擊〈永恆之槍〉不管是對〈佛拉克西納斯〉或妳，負擔都太

大了。』

琴里舉起手試圖再次顯現天使時，令音以冷靜的聲音說道。

瞬間，爆炸聲再次響起，艦體搖晃得比剛才還厲害。

「唔……！」

看來敵艦的攻擊愈演愈烈了。再繼續防禦下去，情況會很危險，必須馬上反擊或是採取迴避行動。

能想到的都是最壞的狀況。如今第二顆人造衛星正朝著地面墜落，但我方既無法射擊〈永恆之槍〉，〈銀槲之劍〉的魔力輸出也無法打破那艘艦艇的隨意領域。不對，更根本的問題在於，如果打算強硬射擊人造衛星，〈佛拉克西納斯〉會先被擊沉吧。

「到底該怎麼辦——」

琴里猶豫了一會兒，擴音器便傳來艦橋的門開啟的聲音。

『唔……這……這是怎麼回事呀？』

進入艦橋的似乎是剛才保護完畢的十香等人。或許是看見騷亂的艦橋、顯示於螢幕的敵艦，以及持續墜落的第二顆人造衛星的影像，她們發出了驚呼聲。

『那……那個……這究竟是……』

『嗚哈！感覺好像陷入了什麼危機？』

『呵呵……真沒用呢。竟然因為這種程度的事情就驚慌失措。』

『贊同。應該更冷靜一點。』

『奇怪？畫面上的影像，是剛才說過的人造衛星吧？總覺得……好像還在墜落呢……』

跟在十香後頭進入艦橋的四糸乃、「四糸奈」、耶俱矢、夕弦及美九，大家你一言我一語地說著。

「妳……妳們……！」

琴里瞪大雙眼回應後，十香便一臉難以理解的樣子回應：

『琴里？妳在哪裡呀？也沒看見士道，究竟是……』

聽見十香的疑問，琴里不禁屏住呼吸。

或許是感受到琴里的情況有異，十香露出有些嚴肅的表情。

『──琴里，發生什麼事了？告訴我。有我們幫得上忙的地方嗎？』

「……！」

琴里默默無語地緊咬牙根。精靈們是應該守護的對象，絕對不能送她們到危險的地上。

不過──士道還留在地上。

若是知道人造衛星仍持續墜落，士道──那個濫好人哥哥，肯定會勇敢地面對它吧。

司令官與妹妹。

意志在兩種立場間天人交戰——琴里的唇半無意識地張開：

「各位……求求妳們，救救那個笨蛋……救救我……唯一的哥哥……！」

「時間到了啊……」

琴里的通訊切斷後，士道低垂視線，緊握拳頭。

無視琴里的避難勸告，繼續搜尋七罪的想法瞬間掠過腦海。就算爆炸的衝擊波和人造衛星的碎片傾瀉而下造成重傷，有琴里能力保護的士道只要不是當場死亡，就還能復原吧。

不過，如此思考之際，琴里的話語在腦海裡復甦。

（——要救別人的性命，也不要忘記加上自己那一條。）

「說得對……抱歉，琴里。」

士道改變心意如此說完便抬起頭。

都已經如此四處奔走、大聲宣告了，如果七罪先前有在暗中監視他，應該已經發現事態不妙而逃跑了吧。現在只能如此期望了。

士道環顧四周尋找附近的公共避難所。當空間震警報發布時，街上的電子標誌和電光顯示板上會顯示前往鄰近避難所的路徑。

士道確認完最近的地下避難所的方向後，再次朝四周高聲吶喊：

「——七罪！我現在要到地下避難所避難！如果妳不知道避難所的位置，就跟著我走。」

果然還是……沒有回應。

「聽到了嗎？」

士道期盼他的聲音能傳達給七罪，然後奔向避難所。

由於先前四處奔走尋找七罪，士道感到呼吸困難、雙腳隱隱作痛。可是他無法停下腳步。雖然不知道還剩多少時間，但只要琴里等人擊毀人造衛星，應當會立刻引起爆炸。必須在那之前逃進避難所才行——要是七罪暗中跟隨士道，有可能會連累七罪。

士道激勵自己不許停下腳步，好不容易抵達最近的避難所。

由於發布警報後已過了許久，主要的入口已經關閉。不過，基本上公共避難所應該會為了像士道這種姍姍來遲的人留下緊急用入口才是。士道朝那裡前進。

「呼……趕上了。」

來到緊急用入口的士道輕輕吐了一口氣後，望向背後。

「七罪！就在這裡！就算妳繼續隱藏身影也行！在碎片降落之前——」

然後揚起下巴發出嘹亮的聲音，留下最後的訴求。

然而——

「咦……？」

士道在此時停下動作。

理由很單純。因為在他抬起臉時，從雲朵的縫隙間看見某個微小影子般的東西。

「那是——」

士道瞬間瞪大雙眼，但馬上就發現那個物體的真面目——那是琴里先前提過的人造衛星。

「喂，開玩笑的吧……？」

士道的喉嚨擠出顫抖的聲音。

這也難怪。畢竟現在持續朝天宮市墜落的，不是細微的碎片——而是巨大的鐵塊。

若是人造衛星就這麼墜落地面，周圍的避難所不可能平安無事。他想起琴里剛才說過的話，

感受到一股冰冷的感覺在他的胃裡擴散開來。

難不成〈佛拉克西納斯〉擊落人造衛星一事失敗了……？士道急忙朝耳麥大聲說話：

「琴里！喂，琴里！到底發生什麼事了！」

於是，從耳麥傳來帶有雜訊的聲音：

『——道！現在正和敵艦…………擊落失…………不過，現在——』

「咦！妳……妳說什麼？」

士道反問，但隨著一陣類似爆炸的聲音，耳麥另一頭便無聲無息。

他不清楚詳細情況，但理解到空中似乎發生了什麼緊急事態。

士道屏住呼吸，再次看向天空。

漆黑凹凸不平的輪廓緩慢——但確實地愈變愈大。

「……可惡！」

士道如此吶喊出聲後並未進入避難所，而是邁步奔離現場。

既然人造衛星未遭破壞持續墜落，那麼現在逃進避難所也沒有意義。墜落的衝擊和爆破魔法將會使周圍一帶化為焦土，到避難所避難的人們也都會死亡。

殿町、亞衣、麻衣、美衣等同班同學，還有班導小珠老師、早上互相問候的鄰居、總是熱情對待自己的商店街人們……難以計數的生命都將在一瞬間消失。

「怎麼能讓……那種事發生啊……！」

士道瞪著天空大聲喊叫，朝人造衛星的正下方奔跑而去。

他一開始就不認為憑一己之力能夠阻止巨大的人造衛星墜落。不過，現在地面上沒有其他人能夠行動，要是士道放棄，那一瞬間就確定所有人都會喪命。士道絕不容許那種事情發生。

「……！」

話雖如此，人造衛星墜落的速度著實令人震驚。轉眼間，其身影已逐漸變大——士道的眼睛

已經能辨別它的全貌。

「唔……！」

士道緊咬牙根奔跑。

這樣下去——不行。就算抵達人造衛星墜落的地點，也只會以將整座城市連同士道一起炸飛告終。

——力量。

他需要強大的力量，一擊就能擊毀從空中逐漸飛來的令人絕望的物體。

話雖如此，士道是人類。用普通的……這樣的形容詞，他的人生又稍嫌命運多舛，但他始終還是一介人類，正常來說不可能會擁有那種力量。

不過，就算士道沒有——只要借助精靈們的力量……

「拜託了……只能靠我了！把力量借給我……！」

士道如此吶喊，猛然伸出右手，猶如緊握某種無形的物體，抑或是——抓牢某種東西一般。

然後，在心中描繪一個願望——希望能拯救大家。

「——拜託了……〈鏖殺公〉(Sandalphon)！」

於是那一瞬間，士道的視野發出耀眼的光芒——右手產生握住東西的觸感。

等刺眼的光芒變弱時，士道的手中出現一把閃耀著淡淡光輝的巨大寶劍。

天使〈鏖殺公〉。十香擁有的絕對之劍。

「……！成功了！」

士道不禁高聲吶喊。雖然至今曾顯現過數次這把天使，但像這次憑自己的意志成功握住〈鏖殺公〉還是第一次。

「有〈鏖殺公〉幫忙的話——！」

士道露出銳利的眼神停下腳步，凝視墜落的人造衛星，雙手握住〈鏖殺公〉。

他吐出悠長的氣息，讓心沉靜下來。屏除一切雜念，只想著守護地上的人們。

然後將〈鏖殺公〉猛然向上一揮——朝天空一閃。

「喝啊啊啊啊啊啊——！」

〈鏖殺公〉的劍身釋放出光芒，順著士道高舉的方向朝天空伸展而去。強大天使的絕對性一擊。就算對方展開隨意領域，天使的斬擊理當都能輕易破除。

然而——

「什麼……！」

士道瞪大雙眼。

他釋放出的一擊在逼近人造衛星的瞬間，不自然地改變了方向，就這麼朝天空伸展而去。

人造衛星仍舊完好如初，四周轟隆作響，它逐漸逼近地面以殲滅天宮市。

「可惡……！再一次——」

士道咬緊牙根，試圖再次高舉〈鏖殺公〉。然而那一瞬間，無與倫比的痛楚竄過他的全身，令他不由得皺起臉孔，單膝跪地。

「啊……唔……！」

那是駕馭天使這種對人類負擔過大的力量所付出的代價。只揮了一刀，士道的全身便已殘破不堪。

接著，一股猶如被扔進火中的灼熱感侵襲士道的身體。藉由封印琴里的力量所獲得的火焰再生能力，半強制地治癒士道受傷的身體。

「唔——！」

痛苦竄上臉龐，士道在右手施力以防〈鏖殺公〉從手中鬆脫。

不過在此期間，人造衛星依舊逐漸逼近地面。若是等待身體復原，釋放出下一擊之前，一切都完蛋了吧。士道承受著幾乎令人昏厥的痛楚和炙熱，總算以雙腳站了起來。

「唔……啊……啊……啊……！」

他竭盡全力舉起〈鏖殺公〉。不過，人造衛星早已在士道的視野內顯示出它那巨大的身影。恐怕不到十秒，天宮市全區域都將化為焦土。

「啊……啊啊啊啊啊啊啊啊啊啊！」

士道勉強揮動〈鏖殺公〉。然而，欠缺集中力的士道無法徹底發揮天使的力量。〈鏖殺公〉的劍尖空虛地劃破天空，觸碰地面接著響起沉重的聲響。

不過，士道仍不死心。肌纖維撕裂、骨頭龜裂，即使全身灼熱燃燒以強制治癒那些傷害，他也無意鬆開〈鏖殺公〉。

「怎麼能……讓你得逞……！」

士道高聲吶喊，在幾乎要癱軟的雙腿上施力。

若是士道放棄，那一瞬間，到避難所避難的人們全都會被殺。絕對不能讓那種事情發生。

「不准……墜落到……我的……城市啊啊啊啊啊啊！」

士道竭盡全力將〈鏖殺公〉一揮而下。劍擊形成光，宛如被人造衛星吸入一般延伸而去。然而——那一擊仍舊無法突破隨意領域。

——就在此時……

「……！」

士道的肩膀抖了一下。

在他揮下劍的瞬間，周圍突然吹來冷冽的風。

若說是冬天的到來，這冷風也未免太過唐突。不過，士道馬上就發現這種感覺似曾相識。

「這是——」

接著士道仰望天空，倒抽了一口氣。

人造衛星靜止在距離地面數百公尺左右的位置。

不——正確來說，是宛如上升氣流般向上刮起的濃密風壓與用冰組成的牆壁，在千鈞一髮之際阻止了噴射著推進器、企圖逼近地面的人造衛星。

「——士道……！」

背後傳來熟悉的聲音。士道轉動疼痛的身軀，回過頭看。

在那裡的，是緊抓著宛如巨大兔子玩偶般的天使的四糸乃身影。

「四糸乃……妳怎麼會在這裡！」

「呵呵，不只四糸乃喔。」

「不滿。希望你也看看夕弦和耶俱矢的活躍。」

接著，上空傳來兩道聲音。往聲音來源一看，發現顯現出限定靈裝和天使的八舞姊妹正飄浮於空中。看來四糸乃和八舞姊妹在九死一生之際，阻擋了人造衛星的墜落。

「士道！」

「達令！」

接著傳來的是十香和美九的聲音。兩人皆穿著發出淡淡光芒的服裝，十香手持與士道手中握著的天使形狀相同的劍。

「十香……連美九都……！」

士道一臉訝異地說完，十香便點了點頭。

「嗯，聽琴里說士道跟所有人都有危險，就趕緊請她將我們傳送到地面。幸好來得及。」

「這樣啊……琴里他們呢？」

士道詢問後，這次換美九揚起聲音說道：

「他們正在和敵方的空中艦艇戰鬥。我想那邊交給他們負責應該不會有問題～」

聽完美九說的話，士道終於恍然大悟。〈佛拉克西納斯〉之所以擊毀人造衛星失敗，以及剛才的通訊中斷一事，都是這個原因吧。

雖然掛心〈佛拉克西納斯〉的事，但現在只有相信琴里他們了。士道面對十香一行人，輕輕地垂下頭。

「抱歉……多謝妳們的幫忙。老實說，我還以為我死定了呢。」

「說這什麼話，幫助我們的是士道吧。這點小事根本不足以報答我們所受過的恩惠。」

十香說完，周圍的其他人也頻頻點頭。

「各位……」

就在士道環視所有人的時候，四糸乃與八舞姊妹突然皺起臉孔。

「啊……！」

「哼，這玩意兒是怎樣？突然猖狂起來了吶。」

「氣憤。希望它識相一點。」

看來與人造衛星合體的改造型〈幻獸・邦德思基〉，似乎加強了推進器的輸出力。至今抑止住的人造衛星再次緩緩接近地面。

美九見狀猛力張開雙手後，交叉於身體前方。

「人家……不會讓你得逞的！」

光之鍵盤宛如追隨著美九手的軌跡，出現在現場。美九的背後緊接著顯現一具形狀猶如巨大管風琴的天使。

「〈破軍歌姬(Gabriel)〉——【進行曲(March)】！」

美九吶喊的同時，她纖細的手指於光之鍵盤上流暢地起舞。於是，天使發出的雄壯曲調響徹四周——加強阻擋住人造衛星的風勢與冰壁的強度。

「好厲害……」

「呵呵，這曲子果然不錯。令人熱血沸騰呀……！」

「渾身。助攻得好。」

四糸乃與八舞姊妹發出雀躍的聲音。美九所擁有操縱聲音的天使〈破軍歌姬〉，可隨著改變演奏的曲調賦予對象各式各樣的效果。

聽見勇猛的【進行曲】的人能振奮身心，發揮超乎平常的力量。

士道感覺自己的身體湧起力量，緊緊握住拳頭。

「好……既然如此！十香，幫助我！破壞那個龐然大物！如果是兩個人，應該做得到！」

沒錯。這裡現在有士道與十香的兩把〈鏖殺公〉，如果同時攻擊，勢必能夠擊破敵方的隨意領域。

然而，十香卻面有難色地搖了搖頭。

「不，不行。」

「不行……？為……為什麼不行啊？」

「唔……我也不太清楚，不過琴里說不行。這玩意兒好像附有叫做爆破魔法的東西，要是破壞了會啟動那個魔法，所以必須在更高的地方破壞它才行。」

「——原……原來是這樣啊……！」

十香說的確實沒錯。雖然多虧四糸乃和耶俱矢、夕弦的幫忙才得以壓抑住人造衛星墜落的勁道，但它仍舊保有純粹炸彈的性能。如果讓它在離地表那麼近的地方爆炸，正下方的避難所肯定在劫難逃。

「那……那麼，該怎麼辦——」

士道一臉苦惱地低喃，上空隨即傳來八舞姊妹的聲音。

「呵呵，這還不簡單。既然無法在此地破壞，只能推回空中了。」

「同意。只有這個方法。」

「辨……辨得到那種事嗎！」

士道如此問道，耶俱矢和夕弦便彼此對視一瞬間後，浮現邪佞的笑容。

「呵……呵呵……汝以為吾等是何方神聖呀。吾等可是橫掃萬象的颶風皇女八舞吶。」

「保證。請交給夕弦和耶俱矢。這點程度的物品，根本是小菜一碟。」

兩人信心十足地如此說著，點了點頭。

不過，她們的臉頰微微冒出汗水，怎麼看都像是在逞強。這也難怪。畢竟人造衛星的重量隨便估計也有數噸，而且還處於推進器正往下方推進的狀態。若是能發揮十足的力量倒還說得過去，但耶俱矢和夕弦原本的靈力早已被士道封印，事情不可能進行得那麼順利。

然而，八舞姊妹一句牢騷都沒有，兩人彼此點了點頭後，同時張開雙手。

「哼……好了，要上囉，夕弦。」

「回答。悉聽尊便。」

兩人說完的同時，周遭原先捲起的漩渦風勢更加狂烈，捲起周圍的看板、道路標誌、紅綠燈等，逐漸化為巨大的龍捲風。

「喝……喝啊啊啊啊啊！」

「渾身。嘿啊。」

兩人將雙手往上方高舉後，人造衛星確實一點一點地往上升。

「喔……喔喔……！」

這樣的話，或許行得通。士道感覺自己自然而然地加強握拳的力道。

然而就在這個時候，空中有個類似小型導彈的東西朝八舞姊妹飛來，旋即射中兩人的背後，引起爆炸。

「……啊嗄！」

「疼痛。唔咕！」

上空傳來八舞姊妹悶哼聲的同時，風勢減弱，原本逐漸上升的人造衛星再次墜落到冰壁上。

「耶倶矢！夕弦！」

士道呼喊兩人的名字後，瀰漫四周的煙霧隨風飄散，比剛才略被燻黑的八舞姊妹現身其中。

看來由於顯現出限定的靈裝與周圍纏繞著風的緣故，兩人似乎平安無事。

「唔……是誰！膽敢妨礙吾等……！」

「沒品。煩死人了。」

八舞姊妹怒視上空。

士道順著兩人的視線望向上方——屏住了呼吸。

「那是……什麼……！」

無數的〈幻獸．邦德思基〉正從天空的彼端朝士道等人飛來。雖不知正確數量，但估計至少不下五十隻。每隻的手腳上都穿著各式各樣的CR-Unit，處於備戰狀態。

話說回來，剛才提到天空有DEM的空中艦艇。恐怕這支〈幻獸．邦德思基〉小隊就是為了排除企圖阻止人造衛星墜落的士道一行人，從那裡派出的吧。

〈幻獸．邦德思基〉群在空中往上下左右散開後，分別朝試圖讓人造衛星上升的八舞姊妹、防止人造衛星墜落的四糸乃、以演奏加強所有人力量的美九，以及有能力揮下致命一擊，摧毀人造衛星的十香和士道攻擊而去。

「唔——大家小心！」

士道高聲吶喊的同時，在空中散開的〈幻獸．邦德思基〉群一起釋放微型導彈。

不過，所有人都是費盡心力、在千鈞一髮之際才阻止人造衛星墜落，無法分出太多心力應付他們的攻擊。四糸乃以冷氣；八舞以風力；美九則是以聲音各自建立起屏障試圖防禦，但仍舊無法完全抵消那些衝擊。一顆導彈爆炸便誘發了周圍的導彈爆炸，隨著猛烈的火焰竄起，四周的空氣也為之震動。

「呀……！」

「唔啊！」

「悶痛。嗚呀……」
「等……等一下！這是怎麼回事呀！」
四周傳來大夥兒的慘叫聲，原本阻擋人造衛星墜落的冰和風之壁突然吱嘎作響。
「大家！」
「唔……！可惡！」
唯一斬毀逼近而來的所有導彈的十香露出銳利的視線後，縮起腳往地面一踹。
然後朝天空直線奔去，接二連三地劈開對四糸乃等人發動攻擊的〈幻獸．邦德思基〉群。
「趁現在，耶俱矢、夕弦！把人造衛星——唔咕！」
然而，對只有一個人的十香來說，敵人的數量太多了。從四面八方逼近的敵人，以及乘隙發射的微型導彈和雷射加農砲攻擊接踵而來。
「唔……！」
「十香！唔……」
士道一邊叫喊——一邊跳向後方。理由很單純，因為有一隻〈幻獸．邦德思基〉揮舞著光劍朝他攻擊而來。
「可惡……！」
士道用力握緊劍柄，將〈鏖殺公〉往旁邊橫掃而去。於是前方的〈幻獸．邦德思基〉便完美

地上下分離，從斷面迸出火花。

不過〈幻獸．邦德思基〉真正的恐怖在於它的數量與彼此的通力合作。就算同伴被擊敗也無所謂，無畏死亡的人偶們接二連三攻擊過來。

「唔——」

士道不斷躲開攻擊、揮劍、趁機進行反擊，然而——馬上就到了極限。連續使用〈鏖殺公〉的身體發出哀號，士道當場跪地。

當然〈幻獸．邦德思基〉不會因此大發慈悲或給予同情。面無表情的死神們緊抓住這個大好機會，朝士道衝過去。

「！士道！」

「達令……！」

雖然十香等人察覺到這個情況都大叫出聲，但她們也處於被無數隻〈幻獸．邦德思基〉包圍的狀態，即使想飛奔到士道身邊也動彈不得。

〈幻獸．邦德思基〉站在士道眼前，高舉光劍。

「可惡……！」

「士道！」

在十香的聲音響起之際——〈幻獸．邦德思基〉已經不偏不倚地朝士道揮劍而下。

◇

「艾克！」

待在東天宮帝國飯店套房裡的威斯考特聽見突如其來的呼喚聲，回頭一看。

話雖如此，威斯考特的後方並非房間的出入口，有的只是能遠望天宮市街景的巨大窗戶。照理來說，不可能會傳來呼喚聲。

不過，他回過頭後馬上理解了狀況。是身穿CR-Unit飄浮在空中的艾蓮在被剜挖了一個四角形的洞的玻璃窗外呼喚威斯考特。想必是懶得從飯店大廳進入，直接飛往房間了吧。

「嗨，艾蓮。妳的登場方式很炫，但敲門的方式是否有點粗暴呢？」

威斯考特望著美麗的玻璃切面說完，艾蓮便從玻璃上開的洞進入房間。

「現在不是開玩笑的時候。請馬上逃走。之前在董事會上造反的那些人，打算讓人造衛星墜落此地好解決你。」

「嗯，我聽說了。剛才也有人聯絡我。」

威斯考特揚起嘴角嗤嗤竊笑。

「沒想到梅鐸竟有如此的膽識和執行力啊。不是派人暗殺，而是使用預定廢棄的人造衛星，

這一招也十分有意思。哎呀，我之前可能太小看他了呢。真是個傑出的人才。回到英國後，得好好稱讚他才行。」

「……艾克。」

似乎對威斯考特一臉愉悅的模樣感到不滿，艾蓮如此說道：

「總之，繼續待在這裡太危險了。我會用隨意領域保護你，盡可能飛往遠方。請收拾好必要的行李。」

「不了，待在這裡也沒關係吧。反正也不會發生什麼大事。」

「……跟我在一起確實可以用隨意領域降低損害，可是，凡事總有萬一。」

「不，基本上，我估計梅鐸的作戰會失敗。」

威斯考特說完，艾蓮一臉疑惑地皺起眉頭。

「此話怎說？」

「——這裡，天宮市有五河士道的家，同時也是精靈們生活的主要地區。再說，也有〈拉塔托斯克〉這艘空中艦艇存在沒錯吧？他們一定會想辦法解決，畢竟——是那個艾略特所創立的組織嘛。」

「……………」

一提到艾略特的名字，艾蓮立刻板起臉露出不悅的表情。

「真不敢相信。你就為了那種理由留在這裡嗎？」
「是啊，不行嗎？」
「當然不行。你難道不知道自己的重要性嗎？」
「唔嗯……」
「艾克。」
艾蓮語帶責備地說了。威斯考特輕輕嘆了一口氣，微微舉起雙手。
「我知道了啦。那麼，這樣做如何？的確不怕一萬，只怕萬一。梅鐸思慮周到，十分有可能會出第二招、第三招。所以——」
威斯考特將原本面對艾蓮的視線轉回前方——房間的中心。
那裡有一名少女，從剛才起就一語不發地站在原地。
「派她去現場吧。」
「……她嗎？」
「是啊。剛好也可以測試〈莫德雷德(Mordred)〉對吧。」
威斯考特如此說完，瞇細眼睛問少女：
「——我希望妳展現實力給我瞧瞧，可以嗎？」
「……」

少女依舊默默無語，只是點了點頭。

◇

「…………」

七罪勉強抑制住愈發劇烈的喘息聲。

撲通、撲通。從剛才起心臟就鼓動得十分快速，宛如巨人的腳步聲，從七罪的體內震動著她的鼓膜。

理由自然不用說。是因為士道和他的夥伴們。

到中途為止還好。十香等人似乎已經去避難，而接到琴里聯絡的士道也老老實實地前往避難所。事情全都如同七罪所預料地進行。

然而，士道卻像是發現什麼事情般邁步奔跑在街頭，隨後開始試圖阻止巨大的人造衛星。

——然後，士道現在正被逼到窮途末路的絕境當中。

當他和趕來的夥伴們一起試圖將人造衛星推往天空時，無數隻名為〈幻獸．邦德思基〉的機器人偶出現，開始攻擊士道一行人。

〈幻獸．邦德思基〉高高舉起劍，準備砍殺跪倒在地的士道。一瞬間之後，想必那以魔力組成的刀刃便會一斬而下，輕易劈開士道的身體吧。七罪憶起被艾蓮劃破肚子時的痛楚，身體不由自主地顫抖。

「啊……啊……」

這樣下去，士道勢必會性命不保。一想到這裡，她感覺到自己的胸口劇烈地發疼，比她想起被艾蓮砍傷時還要來得疼痛。

不要緊、不要緊的——七罪就像要說服自己般在心中呢喃無數次。反正船到橋頭自然直。用不著七罪這種人出面，士道也絕對不可能會死。

實際上，士道在自家被艾蓮襲擊時不也平安無事嗎？而士道差點被人造衛星壓扁時，十香等人也救了他。士道有許多可靠的夥伴，事到如今，這種場面也不需要七罪出面。

「……不要緊的……反正，一定會有人來救他的吧……？快點來啊……」

七罪小聲說道，並等待有人出面救助士道。

然而，十香、四糸乃、八舞姊妹和美九，每一個人都被〈幻獸・邦德思基〉絆住腳步，無法趕來幫助士道。再加上，剛才好像聽他們說琴里等人正在空中戰鬥。

「快來人啊……誰來……誰來……救救他。」

七罪因跳動得直發疼的心臟而皺起臉並如此說了——然而，沒有任何一個人出現。〈幻獸・邦德思基〉朝著士道準備揮劍而下。

「來人啊……來人啊……！」

直到那瞬間，七罪才終於發現現場只有一個人能救士道。

「什麼……！」

士道驚愕地瞪大雙眼。

當〈幻獸・邦德思基〉朝無法動彈的士道揮劍而下，士道自覺必死無疑打算放棄的瞬間——士道的口袋裡有某種東西在蠢動。

一瞬間，他以為是手機的來電震動。然而——事實並非如此。在地下拾起的加倍佳棒棒糖從士道的口袋中猛然飛出，用它小小的身軀阻擋住〈幻獸・邦德思基〉的斬擊，保護了士道。

「咦……？糖……糖果……？」

這出乎意料的事態令士道不禁目瞪口呆。

這也無可厚非。因為納入掌心大小的球體正在士道的眼前飄浮，「啪嘰啪嘰」地迸發著魔力光，抵擋住光劍的一擊，也難怪他會感到驚訝。

加倍佳棒棒糖架開光劍，直接破壞〈幻獸・邦德思基〉的頭部後，開始發射出淡淡的光芒。

然後那小小的輪廓逐漸愈變愈大。

數秒後，那裡便出現一名穿著宛如魔女的靈裝，個子嬌小的少女。

「七——七罪！」

士道不禁大叫出聲。沒錯，那正是士道先前在街頭四處奔走找尋的精靈少女。

若是留在地上，七罪應該會處於能監視士道動向的位置……這一點，士道確實料得不錯，但他作夢也沒想到七罪竟然會潛藏在如此近的地方。

「七罪，妳——」

士道如此說完，七罪連看都不看他一眼，輕輕開啟雙唇：

「……點啦。」

「咦？」

「……快點啦。你要破壞那個龐然大物吧。」

七罪說著以帽簷遮掩臉龐，背對士道。

不過對士道來說，這樣就夠了。當然，一方面也是因為在絕境中增加了一位可靠的夥伴，但更令士道感到無比開心的是，從不對士道等人敞開心胸的七罪不論基於何種理由，願意主動開口說要幫忙。

「……喔！」

士道用力點了點頭，使勁握住〈鏖殺公〉。

然而——

「呀！」

就在這個時候，背後傳來美九的尖叫聲，流瀉於四周的勇猛進行曲頓時中斷。

看來美九因為遭受〈幻獸．邦德思基〉的攻擊而無法繼續演奏。美九跳向後方，開始用「聲音」攻擊聚集成群的〈幻獸．邦德思基〉。

於是，在演奏中斷的同時，於千鈞一髮之際擋下人造衛星的冰壁開始龜裂崩落。在同一個時間點，四周捲起漩渦的風勢也逐漸減弱。

「什麼……！」

想必是原先聽見美九演奏而提升力量的四糸乃和八舞姊妹的靈力，在演奏中斷後無法維持風與冰之壁吧。從桎梏中重獲自由的人造衛星再次加速，開始朝地面墜落。

「士道！」

此時，十香甩開空中的〈幻獸．邦德思基〉，降落到士道與七罪的身邊。她一臉訝異地望向七罪後，突然意識到某件事，將視線投向士道。

「你沒事吧，士道！」

「嗯……嗯……我沒事。重要的是——」

士道仰望逐漸墜落的人造衛星，十香隨即露出戰慄的神情點了點頭。

「嗯……可是，到底該怎麼辦才好！要是在這裡破壞它，會引起大爆炸吧！」

「……哼！」

十香一臉慌張地說完，七罪便哼了一聲。

「……少廢話，趕快毀掉那種玩意兒啦。你們不是擁有很威武的劍嗎？」

「不，那上面施有爆破魔法——」

「哼！」

士道話才說到一半，七罪便再次不悅地哼了一聲。

然後將右手猛然伸向前方，高聲喊叫：

「——〈贋造魔女〉！」

於是掃帚形狀的天使出現在她手中，其前端展開後，炫目的光芒旋即包圍四周。

「嗚哇……！」

「唔！」

士道和十香一時之間不禁遮住眼睛。

接著睜開眼睛的瞬間——

「什麼……」

士道抬頭仰望上空，驚愕地瞪大雙眼，與前一刻的情況呈現對比。

不過，這也理所當然。因為原先逼近地面數百公尺的人造衛星，竟搖身一變成了一隻胖嘟嘟的巨大豬仔吉祥物。

那無庸置疑是〈贋造魔女〉的變身能力。士道恍然大悟地望向七罪。

他想起十月中旬初次邂逅七罪時的事情。當時七罪也像現在這樣，將襲擊而來的所有ＡＳＴ隊員變成吉祥物，以及將逼近而來的導彈變成胡蘿蔔的模樣。

而那胡蘿蔔導彈即使著地，也只發出漫畫般逗趣的爆炸聲。

當然，由於原本的威力和大小相去懸殊，結局或許不會完全相同，但搞不好這個會——！

「好了，快點動手吧……！」

七罪一臉不耐地說了。巨大豬仔依舊逐漸逼近天宮市。雖然它作為炸彈的能力可能變得極低，但如此巨大的東西墜落，勢必會造成猛烈的衝擊吧。

不過如此一來，便能將目標當場破壞掉，這一點是不爭的事實。士道向七罪簡短地道謝完，便將視線投向十香。

「我們上吧，十香！」

「嗯！隨時奉陪！」

士道和十香彼此點了點頭，便同時高舉〈鏖殺公〉指向目標物。

本來應該只存在一把的天使，絕不可能彼此相對的「有形奇蹟」。

士道和十香同時將此奇蹟一揮而下。

「嗚喔喔喔喔喔喔喔！」

「喝啊啊啊啊啊啊啊！」

士道和十香兩人釋放出的閃耀斬擊在空中交錯，轟炸目標。

然而，巨大的豬仔雖然改變形體，卻似乎仍保有〈幻獸．邦德思基〉的機能，展開隨意領域試圖阻擋兩人的攻擊。

「唔……！」

那好歹也是天使發出的一擊，單憑〈幻獸．邦德思基〉程度的隨意領域不可能輕易擋下。不過，十香先前與〈幻獸．邦德思基〉的戰鬥也耗費了不少精力，而再三強硬使用天使的本人——士道的身體也面臨極限。結果終究還是沒有突破隨意領域，巨大豬仔壓頂般逼近而來。

「唔——！」

只差臨門一腳。真的只差臨門一腳而已。然而那臨門一腳，卻怎麼樣也無法補足。

若是有四糸乃、耶俱矢、夕弦、美九其中一人的幫助，恐怕就能突破了吧——然而四糸乃等人至今仍受〈幻獸．邦德思基〉群阻擋去路，動彈不得。

「這樣……下去……的話——」

正當士道愁容滿面，差點跪倒在地的時候——

「〈贗造魔女〉！」

七罪高舉握在右手的天使，再次高聲吶喊。

難道她看見士道和十香無法擊破這隻豬仔，要再次將它變成其他模樣嗎？不對——若是辦得到那種事，想必她從一開始就會那麼做了。那麼，究竟是……

當士道思考著這種事的時候，七罪緊接著揚起聲音：

「——【千變萬化鏡】！」

瞬間——

七罪高舉的掃帚形狀天使出現了變化。

掃帚整體逐漸覆蓋上一層宛如琢磨過的鏡面般奇特的色彩，而掃帚本身則是像黏土一樣改變它的輪廓。

片刻之後——

「什麼……？」

士道看見七罪手持的「那個物體」，將眼睛瞪得老大。

那是一把「劍」。

劍身約有七罪的身高那般巨大。閃耀金色光芒的劍鐔以及漆黑的劍柄。沒錯——

——顯現於七罪手中的，正是天使〈鏖殺公〉。

「你對士道做些什麼呀……！能對這傢伙惡作劇的——只有我而已啦——！」

七罪如此嘶吼，卯足全力將〈鏖殺公〉朝豬仔一揮而下。

「〈鏖殺公〉……！」

劍身迸發出光芒，斬擊沿著七罪揮舞而出的軌跡朝目標飛去。

不只是形狀，雖然威力比十香的弱，但那無庸置疑擁有和〈鏖殺公〉本尊同樣的力量。

士道、十香，以及——七罪。

三人的〈鏖殺公〉斬擊朝目標的隨意領域攻擊過去。

沿著豬仔周圍展開的無形屏障響起宛如龜裂的聲音——然後粉碎。

只要隨意領域消失，就沒有任何東西能保護徒有巨大身形的吉祥物。豬仔受到粉碎隨意領域的斬擊餘波影響，響起猶如漫畫的逗趣聲，然後爆開——無數的加倍佳棒棒糖如雨一般在四周傾瀉而下。

◇

「士道……！」

「呵呵，幹得好。」

「同意。太精彩了。」

「啊啊～達令真是太帥氣了～～」

成功破壞人造衛星後，將〈幻獸・邦德思基〉全數打倒的四糸乃、耶俱矢、夕弦和美九來到士道等人身邊。看來她們雖然受了輕傷，不過沒什麼大礙的樣子。

士道暫且鬆了一口氣，面向所有人深深低下頭。

「各位……謝謝妳們。如果只有我一個……就無法拯救市民了。真的，非常謝謝妳們。」

士道說完，並排站著的少女們紛紛搖了搖頭。

「我說過了吧，士道。我們是被你救贖的。」

「我們也……最喜歡……這座城市了。」

「呵呵呵～這點小事，就讓我們幫忙吧～～」

「呵……反正要是沒有汝，吾等就不會站在這裡了。」

「贊同。這點小事，根本無法回報。」

「就是說呀～～達令能依賴人家，人家反而開心得都快要可以寫出新歌的歌詞了呢。」

如此說完，所有人莞爾一笑。士道搔了搔臉頰露出苦笑——再次說了一句「謝謝」。

不過在這些人當中，只有一個人一語不發，打算離開現場。那就是七罪。

「七罪！」

「……！」

士道叫住她，她的肩膀便劇烈地抖了一下，當場停下腳步。

接著緩緩面向士道一行人，有些怯懦地哼了一聲。

「……幹……幹嘛啦。是要罵我不要在生死關頭時才出現，要出現就早點出現嗎？還是要說我一直變身成糖果躲在口袋裡很噁心……？」

她又以陰鬱的語氣說出這種負面思考的話。她那始終如一的態度令士道露出一抹苦笑，然後輕輕嘆了一口氣說：

「——妳沒事真是太好了。」

「咦……」

士道說完，七罪便瞪大雙眼，佇立在原地。

「你……在……說什麼啊。我……擅自躲起來……害你那麼辛苦……」

七罪結結巴巴地說著，身體開始微微顫抖。

「之前……我還對你們做了許多過分的事……可是，為什麼、為什麼……」

她的聲音開始帶有哭腔，翡翠般的眼睛落下斗大淚珠，說話的聲音愈來愈大。

「什麼嘛……是怎樣啦，你們這群人……！腦袋有洞嗎！腦袋有洞嗎……！莫名其妙……！為什麼，要那麼……我……呀……！」

說到最後已經話不成句，臉頰流下兩行淚，號啕大哭了起來。

「嗚……嗚嗚……咕……嗚啊……啊啊啊啊啊啊！嗚啊啊啊啊啊啊——」

「喂……喂，七罪……」

士道也沒想到七罪會哭，不知該如何是好，只能慌張地揮動雙手安撫七罪。十香等人應該也察覺到事態非比尋常，跟著開始安慰她。

然而，七罪還是淚流不止——接著用悲傷的哭腔說：

「對……不起……做了許多壞事……讓大家困擾……對不起……大家對我那麼溫柔……我卻盡說些討人厭的話，對不起……」

即使抽抽噎噎，七罪仍然沒有停止說話。像是要一口氣釋放以往積壓在心中的情感一般，她繼續說道：

「你們幫我按摩……我很開心……幫我剪頭髮……我很開心……幫我挑選衣服……我很開心

……幫我化妝……我很開心……大家稱讚我可愛……我很開心……！」

然後，吸著鼻水──

「我明明……開心得要命……那時卻說不出口……對不起……！」

七罪以通紅的眼睛望著士道的雙眼。

「……謝謝……你。」

士道將眼睛瞪得圓滾滾的，然後與十香等人互相對視。十香等人也擺出同樣的表情。不過馬上便露出微笑，面向七罪。

「別在意，我也要謝謝妳。要是沒有妳，現在大家不知道會變成什麼樣。」

「……你也不用在意那件事，是我受你關照在先。」

「這樣啊。」

士道如此說完，輕輕吐了一口氣，對七罪伸出右手。

「咦……？」

七罪感到十分意外似的瞪大了雙眼。看她露出那種反應，總令人有些害羞。士道搔了搔臉頰並開口：

「呃……就是那個啊。我答應妳事情全部結束後，隨妳愛去哪裡都行，我已經沒有權力阻止妳了，不過要是妳不介意……」

士道說到一半，凝視著七罪的雙眼。

「——要不要跟我……當朋友？」

「……！」

七罪一臉驚訝地屏住呼吸，依序看向士道以及站在他身後的十香等人。

然後慢慢地——戰戰兢兢地牽起士道的手，點了點頭。

「嗚……嗚……嗚……嗚啊啊啊啊啊！嗚啊啊啊啊啊！」

眼睛再次落下斗大的淚珠，開始哭泣。

「啊啊～～達令真是的，又把七罪惹哭了呢～～」

「什……什麼！」

美九壞心眼地一邊嗤嗤訕笑一邊如此說道。士道的肩膀抖了一下。

「可不能把七罪交給那種人呢～～所以，七罪，也跟人家當朋友嘛～～」

「唔！士道，不可以欺負七罪喔。我也要當妳的朋友！」

「那……那個……我……我也要……」

「四糸奈也要！四糸奈也要！」

「呵呵，把人託付給士道太危險了吧。也罷，七罪呀，本宮就特別允許汝當吾之眷屬。」

「同意。不知道會被士道強迫玩什麼變態的遊戲。夕弦和耶俱矢兩人應該好好地保護妳。」

繼美九之後，其他人也開始聚集到七罪身邊。士道忍不住大聲說道：

「喂……喂，妳們！不要說那種會害我被誤會的話啦！」

士道高聲吶喊，所有人便哈哈大笑了起來。

士道不經意地看向七罪——發現她雖然臉頰留有淚痕，卻也露出了士道從未見過的表情。

那是——非常可愛的笑容。

終章　DEM的巫師

Friend or enemy

——在順利擊毀人造衛星後約過了三十分鐘。

士道接到了先前在天宮市上空與ＤＥＭ的空中艦艇交戰的琴里聯絡——雖然讓敵艦逃脫，但〈佛拉克西納斯〉也受到了些微損傷的消息。

不過似乎暫時無法使用傳送裝置，因此士道一行人在避難的居民出來外面之前，正朝著先前的地下設施移動。

因使用天使而身體受損的士道也在休息一陣子後，恢復到勉強能走的程度。即使如此，十香仍舊十分擔心士道，開口說要揹他。雖然沒有外人在，但那樣還是太丟臉了，所以士道鄭重地拒絕了。

結果，七罪似乎還是決定要跟士道等人一起前往〈拉塔托斯克〉。

當然士道還未能封印她的靈力，也還沒向她說明意旨。輕易便能料想到，七罪會厭惡失去理所當然般使用至今的變身能力。

不過——只要花費時間說服她，她也一定會了解吧。士道望向走在他身旁的七罪。

「……」

「幹……幹嘛……？」

七罪一臉疑惑。不過，她的表情已然不見以前那般嚴肅。士道面帶微笑搖了搖頭。

「不，沒事。」

「……是嗎？」

七罪如此低喃便撇過頭別開視線。

不過不久後，這次換七罪壓低聲音避免前方的十香等人聽到，對士道說：

「……我說啊。」

「嗯，怎麼了？七罪？」

「我……有點事想問你，可以嗎？」

「嗯，什麼事？」

士道如此回答，七罪便默默地拉了拉士道的袖子。

「哇！喂，妳幹嘛突然拉我？」

「少囉嗦，過來一下。」

七罪拉著士道，將他帶進岔路。接著凝視士道的臉龐，神祕兮兮地問：

「……吶，士道。」

「什……什麼事？」

看見七罪非比尋常的模樣，士道感到十分緊張。七罪嚥了一口口水，繼續說道：

「我……真的很可愛嗎？」

「咦？」

聽見這出乎意料的問題，士道不由得瞪大雙眼。

不過仔細想想，那跟士道第一次見到七罪時被問到的問題幾乎一模一樣。當然，當時七罪的模樣是一名成熟的大姊姊。

士道突然綻放笑容，用力地點點頭。

「嗯，當然。妳很可愛喔，七罪。」

「……！」

七罪滿臉通紅，雙眼圓睜，口中唸唸有詞後繼續說道：

「……下次……」

「下次？」

「那個……可以教我……化妝嗎……？」

七罪羞赧地低著頭結結巴巴。士道又誇張地點了點頭。

「當然可以啊。如果是妳，一定馬上就能學會。」

「……這樣啊。」

士道如此回答，七罪便信服般輕輕點了點頭。

然後──

「咦？」

士道發出錯愕的聲音。不過，這也無可厚非吧。因為七罪冷不防地朝他伸出手，一把拉過他的後頸項──

四脣交疊吻了他一下。

「……！……！」

雖然他早就明白之後為了封印靈力，得向七罪說明原委，而且必須和她接吻。但該說是太過突然嗎？他沒有做好心理準備，不禁慌張得眼珠子直打轉。

下一瞬間，產生了宛如一股暖流湧進身體的感覺──同時，七罪身上穿的魔女般的靈裝隨著光芒消融在空氣中。

「哇……！這……這是怎麼回事……」

七罪的表情染上驚愕之色，用手臂遮住胸口癱坐在地。

「我……我不知道原來封印靈力之後，靈裝會消失呀……」

七罪滿臉通紅，低聲呢喃。士道倉皇失措地揮動雙手，一臉慌張地開口：

「是……是啊，靈裝好像是用靈力構成的……呃，七罪？妳怎麼會知道封印靈力的事——」

「啊！」

士道話音未落，背後便傳來十香的叫聲。看來她因為不見原本走在後頭的士道和七罪兩人的蹤影而原路折返了。當然，不只十香，四糸乃、八舞姊妹和美九也在。

「士道！你在這種地方幹嘛啊？」

「……！那……那個，我什麼都沒看見……」

「呵呵，竟然在這種街上封印，真是了不得的癖好吶。」

「同意。利用無人的街道這種非日常的空間來進行性遊戲，真是貪婪無比。」

「呀！達令真是的，好大膽呀！」

「等……等一下啦！這不是我主動的——」

她們開始大聲喧鬧。

即使士道試圖辯解，十香她們也充耳不聞。

◇

「你說……失敗了？」

聽見傳到DEM Industry英國總公司會議室的消息，梅鐸發出哀號般的聲音。

同時，列席的董事會成員們也紛紛臉色發青。

不過，這也難怪。因為暗殺艾薩克．威斯考特失敗——就代表投向他的惡意和殺意會原封不動——不，是增加好幾倍奉還到自己的身上。

「這……這是怎麼回事，梅鐸！因……因為你拍胸脯保證，我才參加這個計畫的喔！」

「就是說啊！你要怎麼負責！」

「我……我什麼都不知道！全部都是梅鐸失控做出的行為！」

壯年男子們沒出息地發出哀號並拍打桌面。多麼可笑的模樣啊，不過此刻的梅鐸卻沒有餘裕發笑。

計畫的主謀是梅鐸，這是鐵錚錚的事實。要是這件事傳進威斯考特的耳裡，梅鐸——不，他一家老小及朋友全都會被威斯考特憎恨報復吧。

「……」

不過，事情尚未徹底結束。梅鐸拉過放在桌上的麥克風，對派遣至天宮市的大型空中艦艇〈赫普塔梅隆〉艦橋發話：

「還沒……結果尚未底定。艦長，〈赫普塔梅隆〉沒事嗎？」

『是……！雖然與〈拉塔托斯克〉的艦艇交戰過，但艦體的損傷不到百分之十。』

「那麼——應該還有最後的〈Humpty Dumpty〉吧！」

聽見梅鐸的聲音，並坐在房間裡的董事們抽動了一下眉毛。

沒錯。執行這個作戰時，老謀深算的梅鐸準備的〈Humpty Dumpty〉有三顆。

第一顆是為了引誘〈拉塔托斯克〉空中艦艇的誘餌，「First Egg」。

第二顆則是勢必能葬送威斯考特的真正一擊，「Second Egg」。

然後——最後一顆。

是以防萬一兩顆〈Humpty Dumpty〉都未爆炸而準備的最後一具——「Third Egg」，就搭載於〈赫普塔梅隆〉上。

當然，它既不是附著於人造衛星上，也並非會從衛星軌道上墜落。威力遠比「First Egg」、「Second Egg」遜色。

但只要能準確地在威斯考特的正上方轟炸，單憑搭載其上的爆破魔法，應該就能將他連同避難所一起炸毀。

「威斯考特MD現在的位置是？」

『現在……似乎還留在飯店的房間。』

「你說什麼……！」

梅鐸皺起臉。威斯考特在這種狀況下還不逃到地下避難所嗎？

無比不甘的心情在體內亂竄。梅鐸感覺自己傾注心血的計畫受到那個男人嘲笑。

不過，如此一來事情就好辦多了。既然他沒有到避難所避難，那麼憑「Third Egg」的威力也十分有可能解決他。梅鐸朝麥克風發布指令：

「──動手。怎麼破壞城市都無所謂，幹掉威斯考特。」

◇

「……！」

士道將外套借給因封印而呈現半裸狀態的七罪，再次前往地下設施，卻突然壓住耳朵、皺起眉頭。

理由很單純。因為從耳朵裝戴的耳麥那頭傳來尖銳的警報聲。

「發……發生什麼事了？琴里？」

士道這麼一問，耳麥立刻傳來琴里焦急的聲音：

『天空偵測到魔力反應……！這是──從剛才逃跑的空中艦艇產生的爆破魔法反應……！』

「妳說什麼……！」

士道屏住呼吸，望向天空。

「唔……？士道，你怎麼了？」

或許是對士道非比尋常的模樣感到納悶，十香等人歪了歪頭。士道依舊盯著天空，開口說：

「這個嘛……看來事情還沒結束呢。聽說又有跟剛才一樣的炸彈要墜落了。」

「什麼……！」

士道說完，所有人的臉都染上了緊張的神色，然後與士道一樣望向空中，心想必須再次擊毀即將墜落的殺意化身。

然而，剛剛才封印完擁有最關鍵變身能力的七罪靈力，其他人的力量也消耗殆盡。至少以現在的狀態而言，要像剛才那樣迎擊墜落的對象，想必十分困難吧。

不過……只能硬著頭皮做了。士道像剛才一樣讓心情冷靜下來後，將精神集中在右手。

然而——在〈鏖殺公〉顯現之前，劇烈的疼痛竄過士道全身，令他不禁當場跪倒在地。

「咕啊……！」

「士道！」

十香一臉擔心地跑過來。不過，敵人不可能體恤士道的狀況。耳麥旋即再次傳來警報聲。

『司令！空中艦艇投下爆破魔法搭載型〈幻獸・邦德思基〉了！』

『〈佛拉克西納斯〉的迎擊呢？』

『從現在的位置無法迎擊！』

『唔——急速回轉！無論如何都要趕在它墜落地面之前——』

此時——

琴里的指示抵達士道的鼓膜途中……

空中閃過一道類似光線的東西，天宮市上空隨即產生巨大的爆炸——震動四周的空氣。

「什麼……！」

在士道和精靈們瞪大雙眼之際，耳麥傳來船員的聲音：

『反應——消失了！』

『你說什麼？是自爆嗎？』

『不……不清楚，但是在爆炸的前一刻，熱源——』

熱源。聽見這個詞彙，士道想起剛才閃過的光線。莫非有人狙擊投下的炸彈嗎？

這麼理解確實比較合理。不過，單憑一擊就能炸毀和士道等人合力擊毀的同種炸彈——

「……！」

此時，士道將視線移向左方。

在引起爆炸的前一刻，在天空劃出的光線。在那光線的起點方向看見了一名小小的人影。

「那是——」

那個人影緩緩朝士道一行人靠近，然後靜止於空中。

那是身穿CR-Unit的巫師。不是ＡＳＴ的裝備。與艾蓮的裝備設計十分相似的接線套裝、形狀奇特的推進器，以及裝戴於右手的巨大魔力砲，令人印象深刻。

「什麼——」

看見那個人的模樣，士道驚愕得瞪大雙眼。

ＤＥＭ的巫師攻擊ＤＥＭ的炸彈令他感到驚訝。而處於封印狀態下的數名精靈合力迎擊過的炸彈，此人一擊就破壞掉的那股力量也值得驚愕。

然而——奪去士道視線的，是更加單純的事實。

因為那名巫師的容貌，士道再熟悉不過。

「折……紙……？」

士道呼喚她的名字後，巫師——折紙便一語不發地將視線投向士道一行人。

以她那雙一如往常的——不對……

是比以往更難以解讀出情感的眼瞳。

後記

好久不見，我是橘公司。

在此為您獻上《約會大作戰DATE A LIVE 9 轉變七罪》。各位讀者覺得如何呢？如果各位讀者喜歡本書，將是我莫大的榮幸。

封面當然是（真）七罪。雖然第八集的大姊姊版本很吸睛，但這次的真七罪版本也很美妙。我認為蓬亂的頭髮配上一臉不悅的表情是最強的組合（個人感想，每個人感受各有差異）。因為我個人非常喜歡個性偏負面思考的角色，所以寫得非常開心。

而設計方面，相對於（大人）七罪裝飾在帽子上的翡翠，（真）七罪帽子上的則是類似研磨前的原石這一點也十分有意思。我也萬萬沒想到彩頁的琴里外套可以呈現出這種風貌。在我傳達的情境中加入這種別致設計的つなこ老師真是令人感服萬分。

話說回來，已經第九集了呢，第九集。對出道作品八集完結的我而言，是個未知的領域。而且預定將會持續約會下去，因此確定會出第十集，達到二位數大關。我的輕小說駕照是自排的，只能寫到第九集耶，這樣沒問題嗎？我曾聽說無照寫小說突破十集以上時，必須買甜點當供品獻給輕小說之神（金髮雙馬尾傲嬌女）。如果沒有這麼做就寫到十集以上，輕小說之神（金髮雙馬尾傲嬌女）似乎每晚都會不請自來，鼓起雙頰氣呼呼地說：「沒有經過我允許就企圖寫十集以上的小說，你是何居心呀！」並猛戳你的側腹部。啊呀，我想我還是繼續無照寫十集以上好了。

那麼，關於之前告知的漫畫版《約會大作戰DATE A LIVE》，終於在《少年ACE》一月號（十一月二十六日發售）開始連載了！第一話為各位讀者獻上的是封面&刊頭彩圖&增加頁數！請各位務必拭目以待犬威赤彥老師所繪製的新《約會大作戰DATE A LIVE》！

另外，動畫第二季也進展得十分順利，敬請期待！那個和那個的設計超猛的喔，嘿嘿嘿！

（註：以上為日本出版情況）

這次也多虧つなこ老師、責任編輯、美術設計以及各位出版、通路相關人員的幫助，才得以順利出版本書。真的非常感謝各位。

下一集《約會大作戰DATE A LIVE 10》終於預定要讓那名角色登上封面了。我預定要讓故事稍微有所進展，敬請期待。

那麼，期望我們能在下一集再次相會。

二〇一三年一〇月　橘　公司

Kadokawa Light Novels

女性向遊戲攻略對象竟是我…!? 1 待續

作者：秋目 人　插畫：森沢晴行

美少女和性命，該選擇哪邊才好？
以「女性向遊戲」為名的怪怪死亡遊戲戀愛喜劇！

被拋入女性向遊戲世界裡的我，似乎成了攻略對象。這表示我將會受到美少女們追求吧？喔耶！但天底下果然沒這麼好的事。據說我一旦受到攻略就會進入死亡路線……在我心驚膽跳地畏懼死亡時，人人憧憬的美少女們為了攻陷我，一個個現身了……

NT$190/HK$58

不完全神性機關伊莉斯 1~3 待續

作者：細音 啓　插畫：カスカベアキラ

這是人類對上幽幻種的生存鬥爭，
如今人類世界已命在旦夕——

在用來決定領導地位的霸權戰爭中，帝國選擇的代表是貧窮學生——凪。不用說，他是作為沒用女管家，同時也是帝國最後王牌的伊莉斯搭檔而被選上。尤米學姊跟小不點聖女紗砂，以及武宮唐那國的薩莉將霸權戰爭拋在一旁，陰謀進行著「伊甸計畫」……

台灣角川

各NT$180~200/HK$50~60

Kadokawa Light Novels

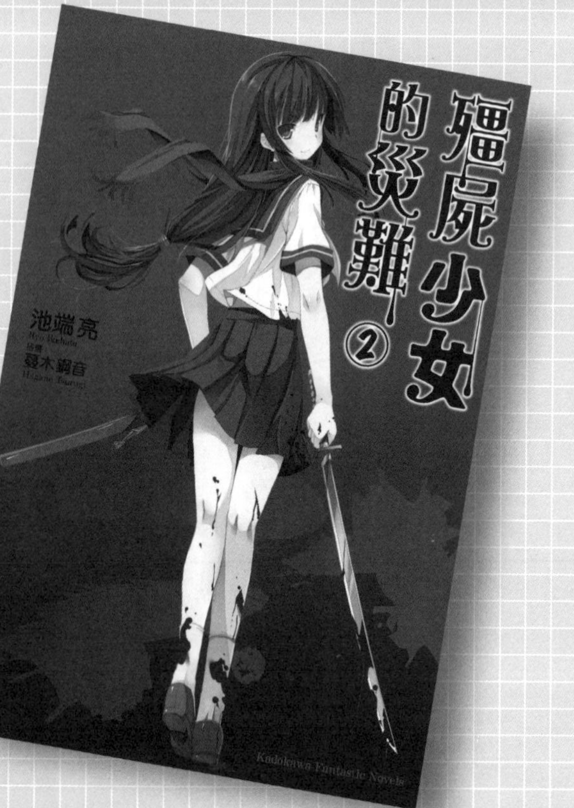

殭屍少女的災難 1~2

Kadokawa Fantastic Novels

作者：池端 亮　插畫：蔓木鋼音

不死之身的大小姐VS身手矯健的女中學生
超越人體極限的戰鬥就此展開！

我是楚楚可憐的侍女，艾瑪．V。從百年沉睡醒來的大小姐，發現秘石被偷走了。

其實我知道犯人是誰——只不過柔弱的我打不贏對方，這種野蠻的事還是交給大小姐吧。獻上既歡樂又血腥的奇幻輕小說！

各NT$160/HK$45

台湾角川

Kadokawa Light Novels

喪女會的不當日常

Our Mojo-kai was always like slapstick comedy. But, as it is, that was peaceful enough in a way. I used to think so, until I met her. Because I've never imagined our school days were "I-do-lo" in fact.

3

Reiji Kaito
海冬零兒

Illustration Aka Akasaka
赤坂アカ

Kadokawa Fantastic Novels

喪女會的不當日常 1~3（完）

作者：海冬零兒　插畫：赤坂アカ

喪女會的不當日常迎向高潮，
極限的「反日常系」至此完結！

喪女會的日常再度變貌。我這個「美少女」和愛如膠似漆地交往中，而學姊、繭與雛子都專情於我，完全是後宮狀態。這時，愛為嫉妒所苦而跳軌自殺，名為源光的少女槍口瞄準我的眉心——世界很殘酷，但若是為了取回愛，我將比這個世界更殘酷！

各 **NT$180~190/HK$50**

Kadokawa
Fantastic
Novels

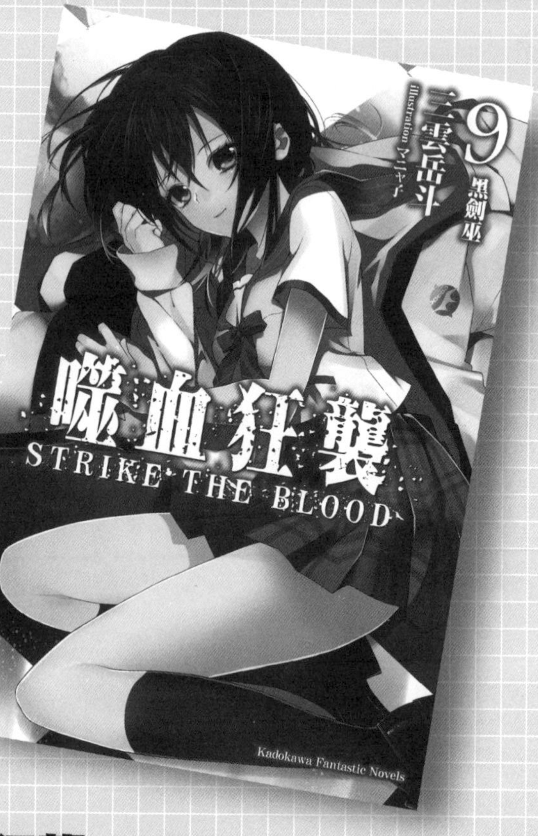

Kadokawa Light Novels

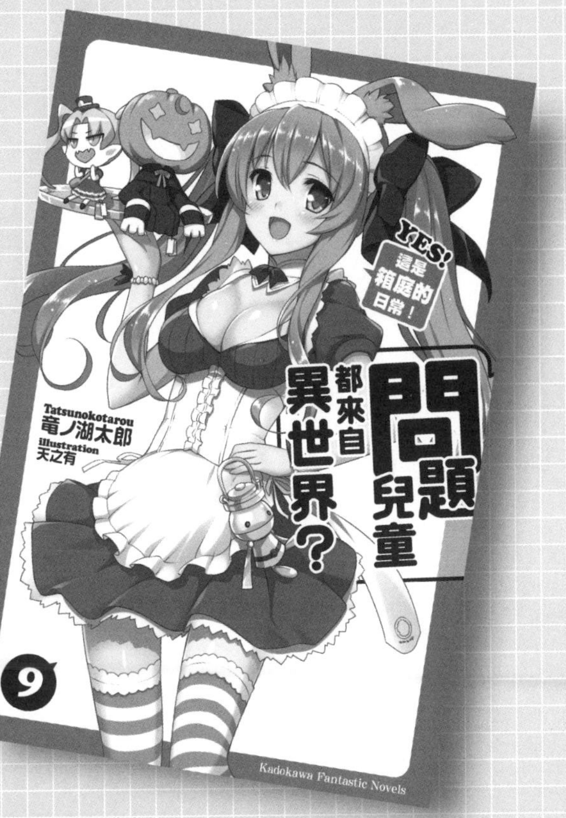

問題兒童都來自異世界？ 1~9 待續

作者：竜ノ湖太郎　插畫：天之有

恩賜遊戲集錦☆
問題兒童的日常生活!?

本書內容包括在魔王戰空檔期間所舉行的遊戲〈追尋黃金盤之謎〉、〈斯廷法利斯的硬幣〉、〈箱庭裡的日常某天〉等特稿，以及另外兩段短篇。而且還有介紹箱庭世界的後台外傳〈教教我！白夜叉老師！〉，是總共收錄六篇故事的豪華壓箱底大全！

各 **NT$160~200/HK$45~55**

國家圖書館出版品預行編目資料

約會大作戰 9 轉變七罪 / 橘公司作；Q太郎譯 --
初版. -- 臺北市：臺灣角川, 2014.07
面；　公分
譯自：デート・ア・ライブ 9 七罪チェンジ
ISBN 978-986-366-042-2(平裝)

861.57　　103010680

Kadokawa
Fantastic
Novels

約會大作戰DATE A LIVE 9
轉變七罪

（原著名：デート・ア・ライブ9　七罪チェンジ）

2014年8月7日　初版第1刷發行
2024年3月22日　初版第10刷發行

作　者：橘公司
插　畫：つなこ
譯　者：Q太郎
發行人：台灣角川股份有限公司
總　監：呂慧君
總編輯：蔡佩芬
主　編：林秀儒
編　輯：孫千棻
設計指導：陳晞叡
美術設計：吳佳昫
印　務：李明修（主任）、張加恩（主任）、張凱棋

發行所：台灣角川股份有限公司
地　址：104台北市中山區松江路223號3樓
電　話：（02）2515-3000
傳　真：（02）2515-0033
網　址：www.kadokawa.com.tw
劃撥帳戶：台灣角川股份有限公司
劃撥帳號：19487412
法律顧問：有澤法律事務所
製　版：巨茂科技印刷有限公司
ISBN：978-986-366-042-2